놈의 기억 2

놈의 기억 2
윤이나 장편 소설

차 례

놈의 기억

2

윤이나 장편소설

10
조작된 기억

—헉.

정우는 심장이 발끝까지 쿵 내려앉는 것만 같았다. 자신의 얼굴이 합성된 외설적인 포르노그래피를 보는 기분이었다. 단순히 황당하다는 말로는 부족했다. 어떤 억울함에 치를 떨면서도 수치스러움이 밀려왔다.

"말도 안 돼."

그는 천천히 키보드의 화살표(▶) 버튼을 눌렀다. 연사로 찍은 사진들은 마치 동영상처럼 당시 있었던 일을 가감 없이 보여 주고 있었다.

정우는 지하 주차장에 세워 놓은 자신의 차 보닛에 걸터앉아 혜수와 진한 키스를 나누고 있었다. 그의 손이 거리낌 없이 혜수의 몸을 어루만졌다. 아무리 인적이 드물었다고 하지만 주변을 전혀 의식하지 않는 모습이었다.

둘은 이후 차를 타고 어디론가 떠났다. 사진은 영화 속 필름처럼 그들이 이동한 곳으로 점프 컷 했다. 차는 도심에 위치한 콘티넨털 호텔 주차장으로 들어갔다. 너무 뻔한 상황이었다. 두 사람은 당당하게 서로의 어깨와 허리에 손을 두른 채 체크인을 하고 객실용 엘리베이터를 탔다. 정우를 쫓던 카메라가 따라간 곳은 여기까지였다.

정우는 고개를 휘저으며 다른 사진을 클릭했다. 이번에는 환한 대낮이었다. 둘은 커피를 한 잔씩 들고 한가롭게 공원을 산책하고 있었다. 정우는 하얀 셔츠에 정장 바지 차림이었고, 혜수는 실크 블라우스에 짧은 치마를 입고 있었다. 아니, 학생들이라도 마주치면 어쩌려고 버젓이 저러고 다녔다는 말인가. 정우는 자신의 의지와는 상관없이 움직인 또 다른 자아를 질책하듯 인상을 찌푸렸다.

"이게 대체 뭐야."

둘은 친밀한 거리를 유지하면서도 손을 잡거나 하진 않았다. 하지만 두 사람에게서 나오는 아우라는 분명 연인의 그것이었다. 누구라도 이들을 보면 서로 사랑하는 사이라고 말했을 것이다. 한참을 걷던 두 사람은 벤치에 앉았고, 혜수가 기습적으로 정우의 뺨에 뽀뽀를 했다. 그는 뭐가 좋은지 실실 웃고 있었다. 그녀는 민망해하면서도 행복한 미소를 지었다.

정우는 사진 속의 사람이 자신이라는 게 여전히 믿기지 않았다. 혜수는 또 어떤가. 정우가 알고 있던 그녀의 모습과는 전혀 딴판이었다. 이제껏 그녀가 자신의 앞에서 이런 교태를 부리는 것은 상상도 해 본 적이 없었다. 더욱이 그걸 헤벌쭉하며 바라보고 있는 자신의 모습이라니…. 하지만 이걸 다 합성했다는 것은 말이 되질 않았다. 만약 정우의 손에 이 사진들이 있었다면 그는 망설임 없이 모두 갈기갈기 찢어 버렸을 것이다.

또 다른 사진 속의 두 사람은 어떤 고급 레스토랑에 있었다. 내부 구조를 보아하니 정우가 자주 가는 레스토랑이었다. 청담동 무스카리.

'지수가 여기 양고기 스테이크를 참 좋아했는데.'

사진 속 정우는 테이블 위에 반지 상자로 보이는 벨벳 재질의 작은 상자를 올려놓았다. 혜수는 양손을 펼쳐 자신의 볼을 감싸며, 최대한 놀라고 감동한 것 같은 제스처를 취했다. 상자엔 역시나 반지가 담겨 있었다. 멀리서도 큰 다이아몬드가 눈에 띄었다.

혜수는 이제 거의 울기 직전이었다. 마침 웨이터가 와인을 가져왔고, 그녀는 한 손으로 눈물을 훔쳤다. 정우는 그녀의 손에 직접 반지를 끼워 주었다. 혜수는 활짝 웃으며 한참이나 반지에서 눈을 떼지 못했다. 정우는 사진 밑에 찍힌 날짜를 확인했다.

[2016.10.09]

그는 이 숫자들 속에 이해 못 할 암호라도 숨어 있는 듯 뚫어지게 날짜를 쳐다보았다.

"하아… 설마."

10월 9일이라면 수아의 생일이었다. 정우는 괴로운 듯 양손으로 머리카락을 세게 쥐어뜯으며 다리 사이로 고개를 푹 떨어뜨렸다.

'내가 수아의 생일날 이러고 다녔다는 거지.'

사진은 더 많이 있었지만 정우는 더 이상 사진을 보는 게 두려웠다. 보면 볼수록 거북하고 역겨웠다. 그간 부인해 왔던 자신의 추악한 인격을 마주하는 기분, 딱 그랬다.

"어째서 아무것도 기억이 나질 않는 거지? 내가 기억 삭제라도 했다는 건가?"

사진 속 내용만큼 충격적인 것은 자신이 했던 행동이 전혀 기억나지 않는다는 것이었다. 순간, 어쩌면 스스로 기억 삭제술을 했을지도 모른다는 생각에 사로잡혔다. 그는 갑자기 기다란 못이 이마를 관통하는 통증을 느끼며 관자놀이에 손을 가져다 댔다.

정우는 바로 혜수에게 전화를 걸었다. 모든 상황을 설명해 줄 사람은 오직 그녀뿐이었다.

"여보세요?"

혜수의 목소리는 평소보다 한 톤이 높았다. 계속해서 자신의 연락을 피하던 정우에게서 전화가 온 게 반가운 눈치였다.

"지금 잠깐 만나."

"지금? 무슨 일 있어? 목소리가 안 좋네."

"최근에 만났던 바에서 만나. 난 지금 바로 출발해."

"알았어. 나도 곧 갈게."

예사롭지 않은 분위기를 느낀 혜수가 조금 긴장한 목소리로 대답했다.

정우는 먼저 바에 도착해 혜수를 기다렸다. 잠시 술을 시킬까 고민했지만, 취하지 않고 해야 할 이야기가 있었다.

얼마 지나지 않아 혜수가 문을 열고 들어왔다. 그녀는 어쩐지 평소와 분위기가 달랐다. 몸에 밀착되는 검은색 민소매 원피스를 입고 있었고, 급하게 나오느라 다 말리지 못했는지 머리카락도 젖어 있었다. 그녀가 다가오자 플로랄 머스크와 바닐라가 섞인 샴푸 냄새가 은은하게 풍겼다.

"일찍 왔네. 무슨 일이야?"

"먼저 이 사진 좀 봐."

정우는 그녀의 눈을 피하며 휴대전화로 사진 몇 장을 보여 주었다. 사진을 본 혜수는 표정이 굳어졌다.

"정우야, 네 전화를 받았을 때 왠지 느낌이 이상했어. 네가 모두 기억해 낸 건 아닌가 하는 생각이 들더라. 기억이 돌아온 거야?"

"아니. 기억 안 나. 말해 봐. 내가 뭘, 왜 기억하지 못하는지."

그녀가 정우의 손 위에 자신의 손을 포개자 정우가 화들짝 놀라며 손을 치웠다. 그녀의 손엔 사진 속에서 정우가 선물했던 다이아몬드 반지가 끼워져 있었다. 이제 와 생각하니 혜수는 늘 그 반지를 끼고 있었다.

"그냥 말해."

"우린⋯."

✦

그날까지만 해도 혜수와 정우는 친구 사이였다. 평소와 다를 바 없었던 그날, 혜수는 매일같이 밤을 새우는 정우를 위해 야식으로 먹을 샌드위치와 커피, 주스 등을 두 손 가득 사 들고 응원차 연구실을 방문했다. 그는 뜬금없이 들이닥친 그녀가 반가웠고, 연구실 사람들과 함께 음식을 나눠 먹었다.

"차 안 가지고 왔어?"

"근처에 볼일이 있었어. 택시 타고 가면 돼."

"아니야. 늦었는데 내가 데려다줄게."

"됐어. 괜찮은데."

밤공기가 시원하고 달빛이 유난히 밝았다. 이유 없이 기분이 들뜨는, 발걸음이 가벼운 그런 날이었다.

"오랜만에 우리 한잔할래?"

혜수가 자신의 그림자 옆에 비친 정우의 그림자를 보며 말했다.

"그럴까?"

정우는 그 제안을 거절했어야 했다. 둘은 근처 와인 바에 가서 술을 마셨다. 처음엔 서로의 연구에 관한 이야기 그리고 이미 몇 번이고 했었던 새로울 것 없는 옛날이야기를 되풀이했다. 둘 다 취기가 올라왔고, 시간도 많이 지났다. 정우는 대리기사를 불렀고 둘은 나란히 정우의 차 뒷좌석에 앉았다.

"먼저 너희 집으로 가서 내려 주고, 나도 집으로 갈게."

"그래."

뒷좌석에 앉은 두 사람은 누가 먼저랄 것도 없이 손을 잡았다. 손을 잡는 것만으로도 정신이 아찔했다. 두 사람은 손깍지를 끼고 한동안 자기 쪽으로 난 창밖을 바라보았다. 빠르게 건물과 가로수가 지나갔고, 술은 깼지만 정신은 혼미해지고 있었다. 연이은 과속 방지턱에 차가 덜컹거리자, 혜수는 어지러운 듯 정우의 어깨에 고개를 기댔다. 정우는 그런 혜수의 머리카락을 커다란 손으로 부드럽게 쓰다듬었다. 대리 기사는 혜수의 집 주차장에 차를 주차하고 떠났다.

술은 참 우습고도 고마운 핑계였다. 오랜 시간, 어쩌면 일어날 수도 있다고 생각해 왔던 일이 현실로 일어난 것뿐이었다. 술은 부자연스럽고, 껄끄럽고, 일어나선 안 되는 일을 물 흐르듯 일어나게 해 주는 윤활유와도 같았다.

그날 이후 두 사람은 더 이상 평범한 친구 사이가 아니었다. 둘은 종종 만남을 가졌고, 그 횟수는 점차 늘어 갔다. 정우의 연구실 사람들은 뒤에서 그녀를 '오피스 와이프'라고 불렀다. 둘만 몰랐지 연구실에선 이미 공공연한 비밀이었다.

"네가 우리 사이를 기억하지 못한 시점은 사건이 일어난 직후였어. 범인한테 둔기로 머리를 맞고 3일 만에 의식을 차린 이후 말이야. 부분 기억 상실이었어. 머리에 심한 충격을 받은 환자들이 일시적으로 종종 겪는 일이니까, 나는 조금만 기다리면 네가 기억을 찾을 거라고 생각했는데… 아니었어."

"둔기에 맞고 나서부터 기억을 못 했다는 거지? 내가 또 기억 못 하는 게 있어?"

"잘은 모르겠는데 네가 잊은 건 우리 관계뿐인 것 같아. 어쩌면 지수가 죽고 나서 죄책감 때문에 우리 관계를 잊은 건 아닌가 하는 생각이 들더라."

"그 '우리'라는 말 좀 그만해. 듣기 거북하니까."

"…."

"넌 이제껏 왜 시치미를 뗀 거야? 수진이랑 나랑 무슨 사이라도 되는 것처럼 물어봤잖아."

"질투가 나서 그랬어. 수진이랑 네가 가깝게 지내는 게."

"하! 질투라니…."

"그런 눈으로 보지 마. 나는 너한테 진심이었어."

혜수를 바라보는 정우의 눈에는 설명할 길 없는 원망과 혐오가 녹아 있었다. 그의 눈빛이 날카롭게 그녀의 마음을 후벼 팠다.

"내가 왜 지수를 두고 너랑…. 이건 정말이지 말이 안 되잖아."

그토록 사랑하는 지수를 두고 바람이라니…. 정우는 과거 자신이 했던 선택에 대해 좀처럼 납득이 가질 않았다.

"너는 왜 내 주변을 맴돈 거야? 양심이 있다면 우리 수아 상담도 맡지 말았어야지!"

혜수는 전에 본 적 없는 적대적인 정우의 눈을 들여다보았다.

"한정우, 잘 들어. 지수를 두고 바람을 피운 건 내가 아니라 너야. 와이프를 배신한 건 너라고. 그런데 이제 와서 나한테 분풀이를 해? 이 사진을 봐. 너, 내가 시켜서 나랑 키스한 게 아니잖아. 탓하려거든 너 자신을 탓해."

혜수는 참다 참다 폭발했다. 그의 기억이 돌아오면 예전처럼 돌아갈 수 있을지도 모른다고 생각했지만 착각일 뿐이었다. 그는 되레 자신에게 원망과 저주를 퍼붓고 있었다.

정우는 입술을 꽉 깨물며 숨을 골랐다.

"그래, 네 말이 맞을지도 모르지. 근데 왜 지수는 네가 아니라 수진이를 의심한 거지?"

"그야 내가 그렇게 만들었으니까."

✦

정우와 만남을 이어 가던 혜수는 점점 욕심이 생겼다. 그녀는 정우가 이혼하고 자신에게 와 주길 바랐지만, 그는 늘 묘하게 선을 그었다.

"요즘 나한테 곧 결혼하느냐고 묻는 사람들이 많네."

혜수는 무심한 표정으로 안심 스테이크를 썰면서 말했다.

"뜬금없이 왜?"

"네가 선물해 준 반지 말이야. 그거 끼고 찍은 사진을 프로필 사진에 올려서 그런가 봐."

"아…."

"그래서, 당장 결혼하는 건 아닌데 사랑하는 사람은 있다고 했어."

정우는 포크로 파스타를 뒤적이더니 먹지 못하고 다시 내려 놓았다.

"정우야, 나 기다릴 수 있어. 돌고 돌아서 와도 되니까 나한 테 오면 안 될까?"

혜수가 자신의 마음을 솔직히 드러낸 것은 처음이었다. 몇 번 이고 숨 참듯이 넘긴 말이었지만 막상 한 번 하고 나니 봇물 터 지듯 멈출 수가 없었다.

"혜수야, 이런 말해서 미안한데 나 이혼 못 해. 솔직히… 못 하는 게 아니라 안 해. 수아도 있고, 지수고 있고."

"그럼 우린 뭐야? 나는?"

"실수는 아니었어. 나도 너에게 끌렸으니까. 책임지지 못할 감정으로 너한테 다가가서 미안해. 근데 나는 돌아가야 해."

"나는 돌아갈 곳도 없는데 당장 무 자르듯이 그러지 마. 우리 천천히 멀어지자. 그 정도는 해 줄 수 있지? 순식간에 네가 변하면 나 너무 힘들 것 같아."

"그래."

정우는 자신의 울타리를 무너뜨릴 마음이 전혀 없어 보였다. 군이 정리를 해야 하는 상황이 된다면 그건 자신이 되리라. 생각이 거기까지 미치자 혜수는 비참하기 이를 데가 없었다. 그녀는 이런 쓸모없는 잔가지가 된 기분에 익숙한 사람이 아니었다.

'그렇다면 내가 깨트려야지. 아무것도 아닌 일이 될 수는 없잖아.'

혜수도 처음부터 대담했던 것은 아니었다. 처음엔 정우의 재킷에 자신의 향수를 한 번씩 뿌렸다. 그다음엔 함께 본 뮤지컬 티켓을 그의 정장 바지 주머니 안에 넣었고, 진부한 방법이었지만 와이셔츠에 립스틱을 살짝 묻히기도 했다. 이 정도면 지수의 의심을 사기엔 충분했다.

의심이라는 게 처음이 어렵지 불처럼 한번 붙으면 잡기가 쉽지 않은 법이다. 이곳에서 저곳으로 타고 넘어가 모든 것을 태워 버리고 발화점도 남기지 않는다.

하지만 예상과는 다르게 시간이 지나도 영 돌아오는 반응이 없었다. 지수가 눈치를 못 챈 건지 혼자 삭히고 있는 건진 알 수 없었지만, 분명한 것은 지수는 정우에게 따져 묻지 않았다.

'답답한 여자네.'

결국, 혜수는 지수에게 직접적인 증거를 보이기로 했다. 자신의 품에서 잠든 정우의 사진을 찍어 우편함에 넣어 두고, 며칠

뒤엔 정우와 수진이 함께 식사하는 사진을 몰래 찍어서 우편함에 넣었다. 지수와 수진은 친구 사이니까 그녀가 느낄 충격과 배신감이 더 클 것이라고 생각했기 때문이다.

냉정히 따지면 두 사진의 간극은 컸다. 하나는 정우와 불륜인 혜수가 찍은 사진이었고, 다른 사진은 당사자를 제외한 제3자가 찍은 사진이었다. 조금만 이성적으로 따져 보아도 뭔가 이상하고 어설펐다. 하지만 두 사진 간의 간극은 인간의 상상이 넉넉히 채우고도 남았다. 상상은 늘 실제보다 더 디테일하고 자극적이다. 지수의 무한한 상상력이 결국 둘의 관계를 잡아먹으리라. 혜수는 잠잠히 기다렸다. 둘이 헤어지는 것은 시간문제라고 생각했다.

하지만 기다리던 와중에 지수는 살해당했고, 정우는 머리 쪽에 큰 부상을 입으며 기억을 잃었다.

혜수는 한동안 모든 일이 자신 때문에 일어난 것만 같은 죄책감을 느꼈다. 정우가 자신과의 관계를 기억하지 못하는 것도 충분히 이해가 갔다. 그 또한 지수를 배신했다는 사실까지 감당하긴 힘들었을 테지.

그녀는 정우와의 관계를 잊고 살아야 한다고 생각했지만, 정우가 수아의 상담을 부탁하고 일주일에 한 번씩 그의 얼굴을 마주하게 되면서, 마음을 접는 속도가 더뎌질 수밖에 없었다. 그 감정이 미련하게도 지금까지 이어졌다.

깨물고 있는 입술 사이로 눈물이 흘러 들어가자, 짜고 쓴맛이 입안에 감돌았다. 혜수는 이제 그에 대한 모든 감정을 내려놓았다. 자신이 지수에게 한 짓을 알았으니 그를 다시 보긴 힘들 것이다.

정우는 술 한 잔 마시지 않고 비틀거리며 자리에서 일어났다. 혜수는 뒤돌아선 그의 뒷모습에서 눈을 떼지 못했다. 모든 이야기를 퍼붓고 나니 휘청거리는 그가 안쓰러웠다. 혜수의 턱에 맺힌 눈물이 빗물처럼 떨어졌다.

정우는 지수가 어떤 마음으로 상담 센터를 찾았을지 이제야 짐작이 갔다.

'아무도 없었던 거야, 아무도.'

남편은 다른 여자를 만나고, 대학 친구라고 생각했던 놈에게 성추행을 당하고, 이모는 돈 내놓으라고 난리를 치고, 자신을 버렸던 아빠의 가족이란 사람들이 와서 간 이식을 종용했다.

지수는 대체 이 많은 일들을 어떤 마음으로 견뎠을까?

지수의 마음을 상상하다 보니 정우는 자신의 심장을 쥐어 터트리고 싶은 마음이 솟구쳤다. 슬프면 중력이 더욱 세지던가. 그는 바닥에 눕듯이 쓰러져서 목 놓아 울었다.

"지수야, 지수야…."

그때 수아에게서 영상 통화가 걸려 왔다. 정우는 급히 수아의 방에서 동물 탈을 가지고 왔다.

"수아야."

"굿모닝! 아빠 왜 기린 가면 썼어?"

"그냥 우리 수아 재밌으라고."

"난 아빠 얼굴 보는 게 더 재밌는데. 아빠, 나 이제 한국에 가고 싶어."

"당장은 힘들 것 같은데."

"아빠는 어차피 미국 안 올 거잖아."

"그래, 실은 아빠가 못 가. 솔직하게 말 못 해서 미안해. 조금만 기다려 줄 수 있어?"

"알겠어. 너무 늦으면 안 돼."

"사랑해 수아야."

"응. 나도."

정우는 가면 속에 숨어서 눈물을 흘렸다. 가면을 벗으니 엉망이 된 그의 맨얼굴이 여실하게 드러났다.

그는 사무실로 향했다. 확인해야 할 게 있었다. 문득 자신이 둔기를 맞아서 기억을 잃은 게 아니라 기억 삭제술을 시행했을지도 모른다는 생각이 들었다. 정신없이 컴퓨터와 파일 로그 기록을 모조리 뒤졌지만, 아무것도 찾을 수 없었다. 그렇게 그는 자신이 쓰러졌다는 사실조차 인지하지 못하고 사무실 바닥에서 잠이 들었다.

"정우야, 일어나. 일어나 봐!"

정우는 엉망이 된 진료실 바닥에 잠이 든 채 누워 있었다. 바닥의 한기 때문인지 몸을 잔뜩 웅크린 채 떨고 있었고, 얼굴은 눈물범벅이 되어 있었다.

"너 이렇게 맨바닥에서 자면 입 돌아가."

수진이 부드러운 손길로 그의 몸을 일으켜 세웠다. 그리고 어린아이 대하듯 더러워진 그의 옷을 툭툭 털어냈다.

"한동안 잠잠하더니. 빨리 일어나. 밥 먹으러 가자."

수진에 이어 인욱이 어질러진 사무실을 두리번거리며 들어왔다.

"형! 이게 뭔 난리래요. 우리 아침 먹으러 가요. 좋은 소식이 있어요. 식당 가서 말해 줄게요."

해장국집 식탁에 세 사람이 둘러앉았다. 인욱은 늘 그렇듯 물티슈로 테이블을 깨끗이 닦고는 숟가락과 젓가락을 나란히 놓았다. 수진은 식사가 나오기 전에 콜라부터 벌컥벌컥 들이켰다.

"누나는 식전에 콜라 먹는 버릇 좀 고쳐요. 탄산음료가 몸에 얼마나 안 좋은데 아주 보약처럼 챙겨 먹네."

"넌 식탁 좀 그만 닦아. 너무 깔끔한 것도 병이다, 병."

두 사람은 이제 꽤 오랜 시간을 같이 살아서 그런지 서로의 습관을 꿰고 있었다. 정우는 멍하니 해장국에서 올라오는 김에 얼굴을 쬐고 있었다.

"맞다! 제가 말하려던 좋은 소식이 뭐냐면, 서두원이 옆 동에 거주하는 손영희 씨를 공격할 때 근처에서 봤다던 차 말인데요."

"차종이랑 차 번호 기억났어?"

"아뇨. 형이 차종이나 차 번호는 못 봤는데 뒤 범퍼에 빨간색 차량용 액세서리를 단 차가 있었다고 했거든요. 여자 팔뚝만 한 인형이 있었다고."

그제야 정우가 뜨거운 김으로 벌게진 얼굴을 들어 인욱을 바라보았다. 아파트 CCTV는 사라졌지만 사건 당시 주차되어 있던 차량 중에는 현장을 찍은 블랙박스가 하나쯤은 있을지도 몰랐다.

정우는 아무리 기억을 떠올려도 주변에 대한 정보는 기억이 나질 않았는데, 얼핏 차에 붙은 빨간색 인형은 기억이 났다. 수아가 간혹 TV에서 보던 만화 속 캐릭터였다. 성격이 고약한 빨간색 애벌레였는데 특유의 음흉한 미소를 짓고 있었다.

"제가 아파트 주차장에 살다시피 하면서 뒤졌는데 빨간 인형을 단 차는 없었거든요. 근데 경비 아저씨가 그 차를 본 적이 있다는 거예요. 간혹 아파트에 오는 방문 차량이라고 하더라고요."

그가 휴대전화로 시중에 파는 빨간색 애벌레 인형을 검색해 정우에게 보여 주었다.

"이거 맞죠? 아무튼 경비 아저씨가 그 차가 혹시라도 또 오면 차 번호랑 차 주인 휴대전화랑 다 찍어 놓고 저한테 바로 연락 준다고 했어요. 그 옆 동 아주머니가 참 좋은 분이었나 봐요. 경비실에 있는 에어컨도 작년에 그 아주머니가 나서서 설치한 거라고 하더라고요."

"아직 의식은 없으셔?"

수진이 큰 눈을 더욱 동그랗게 뜨며 물었다.

"네, 아직요. 빨리 일어나시면 좋을 텐데."

인욱이 정우의 축 처진 어깨를 부드럽게 쓰다듬으며 말했다.

"형, 기운 내요. 사람들은 원래 제일 중요한 순간에 제풀에 지쳐 나가떨어지곤 해요. 범인 잡고 나서, 우리 슬퍼하는 건 그때 가서 맘껏 하자고요."

수진이 인욱의 말을 듣더니 기다렸다는 듯 해장국에 눈물을 떨어트렸다. 동생의 죽음 이후 수진이라고 버티기 쉬웠던 것은 아니었다.

"그래. 네 말이 맞아."

정우는 숟가락을 들어 꾸역꾸역 해장국에 밥을 말아 먹었다. 수진도, 인욱도 따라서 묵묵히 밥을 먹었다. 어쨌든 밥을 먹으면 살아졌다. 적어도 산 사람은 그랬다.

✦

서울 중앙 지방 법원 형사 제1합의부 법정. 털털이, 본명 최대복의 판결 선고일.

법정 안에는 방청객과 기자들의 소음이 야트막한 구름처럼 낮게 깔렸다. 재판부에서도 국민적 관심이 높았던 사건인 만큼 판결 선고 공개를 허가했다. 재판장과 배석 판사들이 법관 출입문을 통해 법정으로 들어왔다.

"모두 자리에서 일어서 주시기 바랍니다."

법정 경위의 말에 웅성거리던 사람들이 일순간 조용해졌다.

조 변호사는 평소와 다르게 긴장한 안색을 비치며 자리에서 일어났다. 보통 판결 선고일에 변호사는 거의 출석하지 않았지만 조 변호사는 선고 결과를 직접 듣기 위해 법정을 찾았다.

살인에 대한 증거가 없었고, 무죄 결론에 거의 도달했다고 생각했을 무렵 하필 마약이 발견됐다. 검찰은 공소장을 변경했고, 추가된 마약 매수 및 소지 사실에 대해서도 전부 자백할 수밖에 없었다. 조 변호사는 아무리 생각해도 영 찝찝했다.

"사건 번호 2020고합10394 판결 선고하도록 하겠습니다. 피고인, 자리로 와 주세요."

재판장의 목소리는 작지만 또렷하게 법정에 울렸다. 교도관이 피고인석으로 털털이를 데리고 들어와 앉혔다. 그의 얼굴은 잿빛으로 어두워졌다. 털털이가 옆자리의 조 변호사를 힐끔 쳐다봤지만 조 변호사는 못 본 채 정면을 응시했다.

재판장이 잠시 숨을 고른 뒤 말을 이었다.

"피고인."

"네?"

"이 사건에 대해 자신이 결백하다고 생각합니까?"

"그, 그게….'

"흠…. 알겠습니다. 계속하죠. 피고인과 변호인은 이 사건 살인에 대해 '자신은 살인이 일어난 주택을 단순히 노후 준비를 위해 구입한 것이며 명의만 보유하고 있었을 뿐이고, 주택에 있었던 피해자의 혈흔과 살인 도구에 대해서는 전혀 알지 못한 다.'라고 수사 기간부터 본 법정에 이르기까지 일관되게 주장했습니다. 하지만 다음과 같은 점을 보면 피고인과 피고인의 변호인 주장은 받아들일 수 없습니다.

먼저 피고인은 이 사건 주택을 구입한 뒤 부하 명의로 보유하고 있었을 뿐 단 한 차례도 방문하지 않았다고 주장했습니다만, 그곳에 피고인의 지문이 다량으로 검출된 마약이 발견된 것으로 봐선 피고인이 주택을 범행 거점 장소로 충분히 활용하였음을 충분히 인정할 수 있습니다. 또한 피고인은 주택을 구입한 자금의 출처에 대해서도 경찰 진술에서는 지인으로부터 빌린 차용금이라고 진술하였다가 검찰에 이르러서는 제3금융권에서 빌린 자금이라고 진술하는 등 자금에 대한 진술이 일관되지 않고 매매 계약서조차 소지하지 않았습니다. 한편 마약 사건에서 밝혀진 바와 같이 마약의 양을 시가로 환산할 경우 그 액수가 백억 원대에 이르고 이를 세탁하여 유통하기 위해서는 상당한 기간과 노력이 필요한 것으로 보이는 바, 이는 주택을 구입하여 노후를 준비하는 사람의 통상적인 행태라고 보이지 않습니다.

끝으로, 이 사건 주택에는 외부 침입 흔적이 없었고, 피고인 스스로 이 주택의 비밀번호, 열쇠 등을 제3자와 공유하지 않았다고 진술하였고, 열쇠를 분실한 적도 없다고 진술했습니다.

이 사건 주택에는 피고인 이외에 제3자가 들어가지 않았던 것으로 보입니다. 이와 같은 사정을 종합하여 보면 피고인의 살인 혐의 역시 유죄로 인정할 수밖에 없습니다."

"이 살인마 새끼야! 찢어 죽여도 모자랄 놈아!"

재판장의 말이 끝나자마자 유가족들의 분노 어린 외침이 퍼졌다.

"양형에 있어서 보건대 이 사건의 피해자가 수 명에 달하고 유가족들은 엄벌을 탄원하고 있습니다. 그런데도 피고인은 반성은커녕 자신의 범행을 부인하며 이 자리까지 왔습니다. 우리 헌법은 사형 제도를 예정하고 있습니다. 사람의 생명을 잔인한 방법으로 빼앗는 등 극악무도한 강력 범죄에 대해서는 법정 최고형인 사형을 선고함으로써 형벌의 위하 효과가 전혀 없다고도 볼 수 없습니다. 주문과 같이 판결합니다. 주문, 피고인을 사형에 처한다."

재판장이 떠들썩하게 신음과 환호성, 비명, 탄식 등 다양한 감정으로 가득 찼다.

"피고인 마지막으로 할 말이 있으면 해 보세요."

털털이는 면전에 놓인 현실을 회피하듯 몽롱한 얼굴로 아무 말도 하지 않았다.

그렇게 재판이 끝났다. 항소심 준비를 위해 조 변호사는 접견실에서 털털이를 만났다. 사람이 막상 재판장에서 사형을 선고받으면 그 타격이 상당하다. 재판 과정 내내 배포를 자랑하며 히죽거리던 놈도 별수가 없었다.

조 변호사가 팔짱을 끼고 비스듬히 의자에 앉아서 그를 나무랐다.

"그러니까 숨긴 마약만 저한테 미리 말했어도 이 지경까지는 안 왔을 거 아닙니까. 제가 뭐든 솔직하게 말하라고 그렇게 일렀건만."

털털이는 심경의 변화가 있는지 굳은 표정으로 아무 말도 하지 않았다. 사실, 조 변호사도 사형 선고까지는 예상치 못했던 결과였다. 마약이 추가 발견됐다고 해서 바로 살인까지 입증됐다고 보긴 어려웠다. 이 정도면 충분히 항소심에서 다툴 여지가 있었다.

'그 집에 대해 전혀 모른다고 변론 기조를 잡아서 되레 당한 거라고. 이 자식이 나한테 거짓말만 안 했어도 이 정도는 대비할 수 있었는데.'

조 변호사는 자신의 커리어에 흠집이 난 것이 못내 짜증이 났다. 항소심에서 어떻게든 결과를 뒤집어야 했다.

"사형 선고라고 해도 실제로 집행을 하지는 않는 것 같던데…"

털털이가 처음으로 입을 뗐다. 조 변호사는 그의 말이 한심하다는 듯이 헛웃음을 지었다.

"그런 한가한 소리나 할 때가 아니에요. 이렇게 여론이 들끓는데 정부가 가만히 있겠어요? 여론 조사를 봐도 사형 집행 찬

성 여론이 압도적이에요. 대통령도 조만간 대국민 담화문을 발표한다고 하잖아요. 이젠 전략을 바꿔야 해요. 자신이 하지도 않은 짓으로 형장에 서는 일은 피해야 하지 않겠어요?"

"당신은 내가 연쇄 살인범이 아니라고 믿는 거요? 왜지?"

"하…. 저는 기본적으로 사람을 믿지 않아요. 눈앞에 있는 사실을 믿을 뿐이죠. 당신이 살인을 저질렀다는 증거는 아직 어디에도 없어요. 그 증거가 나오기 전까진 적어도 저에게 당신은 무죄입니다. 항소심에서도 무죄 변론을 할 거라고요. 아시겠어요?"

그는 털털이의 눈빛이 흔들리는 것을 포착했다.

"진범을 말해요. 안 그럼 저도 더 이상 변호를 맡는 건 어렵습니다. 의뢰인이 변호인에게 협조하지 않는데 제가 할 수 있는 일이 뭐가 있죠?"

"…."

조 변호사는 입꼬리가 올라가는 것을 간신히 숨겼다.

'음…. 조만간 말하겠군.'

털털이는 망설이고 있었지만, 그가 진범을 부는 것은 시간문제였다.

[토막 살인 부인한 마약 사범 털털이. 결국 1심 사형 선고]

[최악의 연쇄 살인범 털털이에게 사법부 10년 만에 첫 사형 선고]

[토막 연쇄 마약쟁이, 사형 집행 여론 들끓어]

방송사뿐 아니라 포털 사이트 첫 화면에서도 털털이의 법원 판결이 생중계되고 있었다. 털털이가 궁지에 몰리면 그의 입에서 진범인 서두원이 나올 거라고 생각했지만 그는 호락호락하지 않았다. 기사를 대충 훑어보던 정우는 짜증이 나는지 이마를 검지로 세게 긁었다. 이대로 최대복이 서두원의 죄를 다 뒤집어쓴다면 그것 또한 낭패였다.

　"조 변 이 새끼는 대체 일을 어떻게 하는 거야?"

　정우는 1심 판결을 애써 무시하며 황미영을 만나러 요양 병원으로 향했다. 화단에 비밀이 있다던 그녀의 말이 잊히지 않고 귓가에 맴돌았기 때문이다. 어쩌면 서두원과 관련된 일일지도 몰랐다.

　마침 점심시간이었기에 그는 지난번처럼 요깃거리를 사 가려고 근처 시장에 들렀다. 한산할 줄 알았던 시장엔 활기가 넘쳤다. 왼편에서는 고기만두가 든 찜기에서 뜨거운 김이 피어올랐고, 오른편에서는 빈대떡이 기름에 지글지글 튀겨지는 소리가 났다. 정우는 이미 산 귤 한 봉지를 들고 시장 골목을 거닐었다.

　그는 생선으로 인해 비릿한 바다 향을 풍기는 골목을 지나 왼쪽 골목으로 들어갔다. 그때 저만치서 병원에 있어야 할 황미영이 서 있는 게 보였다. 처음엔 잘못 본 건가 싶었는데 노란색 카디건 안에 환자복을 입고, 머리를 빗어 깔끔하게 넘긴 모습을 보니 그녀가 분명했다.

"병원에 안 계시고 여기 계시네요. 외출 나오셨어요?"

딱히 무언가 보고 있지 않은 듯 초점이 흐릿한 미영에게 그가 다가가며 말했다. 그때 바로 앞에 있던 정육점에서 한 아주머니가 튀어나오며 물었다. 그곳은 이전에 정우가 족발을 사 간 곳이기도 했다.

"아이고, 아줌마, 또 왔어요? 뭔 미련이 남아서 여길 또 와요?"

정육점 사장님인지 앞치마를 매고 목장갑을 낀 아주머니가 친근하게 황미영의 어깨를 둘렀다. 그리고 옆에 선 정우에게 물었다.

"아줌마랑 아는 사이예요? 그럼 병원에다가 좀 모셔다 줄래요? 내가 지금은 좀 바빠서. 어째 이 아줌마는 잊을 만하면 여길 찾아오네."

미영은 마치 손님처럼 한 손을 턱에 대고, 붉은 조명 아래 진열된 고기들을 찬찬히 살펴보았다. 그녀의 시선은 족발에 머물러 있었다. 정우를 전혀 알아보지 못하는 눈치였다.

"이분이 여기를 자주 오시나 봐요?"

"이 아줌마가 이 자리에서 정육점을 20년 넘게 했잖아요. 가끔 그때 생각이 나나 보지."

"20년이요? 여기서 정육점을 하셨다고요?"

"네. 그것도 몰랐어요? 그럼 잘 아는 사이는 아닌가 보네. 이 아줌마가 나한테 돼지 잡고 삶는 법도 다 전수해 줬어요."

정육점 아주머니의 시선이 갑자기 먼발치로 향하더니 누군가에게 반갑게 손을 흔들었다.

"어? 오늘 무슨 날인가? 어째 이전 시장 사람들 다 만나네! 떡집 할매!"

그 시선 끝에는 서두원의 트렁크에 구겨진 채 실려 있던 치매 할머니와 그의 아들이 서 있었다. 의아하게 느껴진 정우는 할머니를 부축하는 아들에게 다가가 먼저 아는 척을 했다.

"안녕하세요, 저번에 댁에서 한 번 뵀었는데 기억하실지 모르겠네요. 시장엔 어쩐 일이세요?"

"어? 그때 경찰이랑 같이 오신 분 맞죠? 여기가 우리 어머니께서 20년 넘게 장사하셨던 곳이거든요. 가끔 장사하러 가야 한다고 난리가 나서 한번씩 모시고 와요. 바로 저기, 지금은 참기름 집인 저 자리에서 떡집을 했었어요."

정우는 불현듯 치매 할머니가 해 준 말린 곶감이 들어간 하얀 백설기를 떠올렸다. 쫀쫀하면서도 입안에 퍼지는 고소한 단맛이, 보통 솜씨가 아니었다. 그렇다고 떡집을 했을 줄은 미처 생각지도 못했다.

그때 치매 할머니가 별안간 몸을 한 번 부르르 떨었다. 시장에서 샀을 법한 꽃무늬 긴치마 밑으로 노란빛을 띠는 물이 뚝뚝 떨어졌다. 뜨뜻한 소변은 종아리를 타고 내려가 금세 할머니의 양말과 신발을 적셨다. 아들은 이런 상황은 처음인지 당황한 눈치였다.

"어? 우리 어머니가 밖에서 실례하신 적은 없었는데…."

그는 황급히 걸치고 있던 싸구려 체크 셔츠를 벗어서 할머니 허리춤에 감쌌다.

"아이고, 어머니, 이게 무슨 일이래요. 많이 급하셨구나. 괜찮아요, 괜찮아. 그럴 수도 있지."

그는 부드러운 목소리로 그녀가 놀라지 않게 어르고 달랬다. 그때 치매 할머니는 초조한지 제자리를 종종걸음으로 걷기 시작했다. 무언가에 쫓기는 듯 불안해 보였다. 할머니의 눈빛에서 두려움이 엿보이자 정우가 그녀의 시선을 따라갔다. 그 시선 끝에는 황미영이 서 있었다.

그녀 또한 치매 할머니에게서 시선을 떼지 않았다. 오랜 시간 시장에서 함께 장사를 했으니 서로 잘 알고 지냈을 터였다. 할머니는 아들의 팔꿈치 옷자락을 꽉 쥐었다. 그리고 겁에 질린 어린아이처럼 그의 등 뒤에 숨었다.

"어머니? 왜 그러세요? 아, 창피해서 그러시구나. 그럴 필요 없어요. 시장에서 오줌 좀 쌀 수도 있지. 별거 아니에요."

"집에 갈래. 아빠! 나 집에 갈래."

"우리 어머니가 갑자기 왜 그러실까. 그래요. 이만 가요."

할머니는 아이처럼 울음을 터뜨렸다. 아들은 갑자기 불안 증세를 보이는 어머니를 모시고 서둘러 자리를 떠났다. 황미영은 계속해서 눈으로 그들의 뒷모습을 밟았다. 그녀의 얼굴에선 아무 감정도 읽을 수 없었는데, 그래서인지 더욱 그 의미를 상상하게끔 했다.

'지금 이 상황은 뭐지?'

분명 할머니는 그녀를 보고 두려워하는 기색을 보였다.

'왜지?'

정육점 주인은 황미영의 가족에게 전화를 걸고 있었다. 종종 있는 일인지 이런 상황이 익숙해 보였다.

"어머니가 또 시장에 오셨네요. 호호호! 아유, 미안하긴 뭘 남도 아니고. 그런 말 하지 말아요. 여기서 같이 어머니랑 차 한잔하고 있을 테니까 천천히 와요. 어머니가 옛날이 많이 그리운가 봐."

정우는 주변을 맴돌다가 정육점 사장이 전화를 끊기 전에 자리를 벗어났다. 설마 하면서도 마음속에 작은 의심이 움텄다. 공포에 서린 할머니의 눈동자가 잊히지 않았다.

그는 바로 사무실로 향했다. 지금 해야 할 일은 어느 때보다도 명확했다.

'황미영의 기억을 봐야겠어.'

이제 와 생각하니 지금껏 그녀를 한 번도 의심하지 않았다는 사실이 더 이상했다. 그녀는 서두원의 장모이자 최측근이다. 공범 혹은 방조범일 가능성도 충분했다. 그녀 특유의 따뜻한 눈빛과 주눅 든 말투, 왜소하고 가냘픈 체구는 정우가 은연중에 그녀를 무구한 사람으로 분류하게 했다.

그는 황미영이 삭제했던 기억 데이터를 살폈다. 그리고 서두원 이후로 오랜만에 기억 이식을 준비했다. 정우는 천천히 호흡을 고르며 의자에 기대어 앉았다. 잠시 후 머릿속을 두드리는 경미한 통증이 느껴져 왔다.

'이제 시작이군.'

두드리는 것에서 발로 걷어차고, 이후엔 망치로 깨부수는 것 같은 두통이 단계별로 찾아왔다. 점차 주변이 싸늘하게 식어가는 기분이 들었다. 정우의 신체 온도가 낮아지면서 조금씩 기억 속으로 들어가기 시작했다.

✦

냉동고 내부 쿨러 돌아가는 소리가 윙윙 시끄럽게 들렸다. 영하 18도를 가리키는 숫자가 붉은빛을 냈다. 황미영은 바닥에 웅크려 있었는데, 시선을 위로 올리니 배 갈린 돼지가 거꾸로 매달려 있는 모습이 보였다. 그녀가 몸을 일으켜 세우자 얼음장 같은 돼지의 넓적다리가 어깨에 척 닿았다.

그때 푸식, 하고 냉동고 문을 여는 소리가 나며 누군가 걸어 들어왔다. 빨간색 고무장갑을 낀 손에는 커다랗고 날이 바짝 선 칼이 들려 있었다. 남자는 자신의 몸집만큼이나 두꺼운 목소리로 말했다.

"이제 나와."

그녀는 그의 말이 떨어지기가 무섭게 기어서 냉동고를 나왔다. 상온으로 나오자 고통은 더욱 심해졌다. 마비된 감각들이 풀리면서 관절 사이가 아렸다. 바로 앞에 우뚝 선 남자의 발이 보였다.

허름한 샌들을 신었는데 발가락에 난 털이 삐죽삐죽 서 있었다. 특히 엄지발가락 점에 난 털 하나는 유난히 길어서 바퀴벌레 더듬이같이 보였다. 동정이란 일절 담겨 있지 않은 발길질이 얼어붙은 그녀의 복부에 칼날처럼 날아왔다.

"반성 좀 했어?"

황미영은 양손으로 배를 감싸며 힘없이 고개를 끄덕였다. 이런 일이 익숙한지 그녀는 신음 소리를 내지도, 욕을 하지도 않았다.

"이제 가서 쉬어."

상황과 맞지 않게 난데없이 다정한 그의 음성이 들렸다.

곧장 집으로 간 그녀는 미지근한 물로 샤워를 하면서 얼어붙은 몸을 녹였다. 이미 오래전부터 동상으로 손상된 조직이 죽어서 떨어져 나가는 괴저가 발생했다. 미영은 샤워기 물줄기에도 움찔거렸다.

다 씻고 거울 앞에 선 그녀의 앳된 얼굴을 보고 정우는 나이를 짐작했다. 거울 속 황미영은 정우보다도 더 어렸다.

'황미영 씨가 젊었을 때 기억이구나.'

남의 기억을 보는 것은 고통스러운 일이었다. 이전에는 그저 감상 수준에 머물렀던 타인의 고통을, 기억을 통해선 여실히 느낄 수 있었으니까.

정우는 기억이 흐르는 와중에도 생각을 정리했다. 분명 황미영이 지우고 싶다고 했던 기억은 이게 아니었다. 그녀는 정우에게 거짓말을 했다. 정우는 그녀에게 지우고 싶은 기억을 떠올리라고 했을 뿐, 정확히 어떤 기억을 지우게 될지 확인한 것은 아니었다. 어쩌면 그녀는 기억을 지울 때 자신의 인생 전반에서 고통스러웠던 기억 모두를 떠올렸는지도 모른다. 그 고통의 시간이 지난하게도 길어서 그녀가 인생 대부분의 기억을 잃게 된 것은 아닐까라고 정우는 짐작할 뿐이었다.

미영은 목욕 후에 안방 장롱에서 수첩을 꺼냈다. 수첩 사이의 꾸깃꾸깃한 종잇조각에 얼핏 봐서는 잘 안 보일 정도로 적은 양의 가루가 있었다. 그녀는 거실 식탁 위에 있는 물컵을 가져와 가루를 탔다. 잠시 후 집에 들어온 남자는 혈압약을 입에 넣고 그 물을 벌컥벌컥 들이켰다. 미영은 그쪽으로 시선을 두지 않고 부엌에서 끓고 있는 된장국을 국자로 휘휘 저었다.

그녀는 울고 있었다. 정확하게는 눈물을 삼키고 있었다. 보통 사람이라면 울음을 숨기는 건 쉬운 일이 아니었지만, 미영에겐 쉬웠다. 그녀는 울고 싶은 순간이면 눈물이 눈이 아닌 혈관을 타고 흐르는 상상을 했다. 오랜 시간 이런 상상을 하다 보니 그녀는 이제 자신의 혈관엔 피가 아닌 눈물이 흐르고 있다고 믿게 되었다.

어느덧 시간이 많이 흘러, 방 한가운데 펴져 있는 낡은 이불 위에 반듯이 누워 있는 남자의 모습이 보였다. 누워 있어서 커 보이는 것인진 몰라도 그는 신장이 족히 190cm 정도는 되어 보였다. 남자는 얼굴색이 검고 윤기가 없는 등 병색이 짙었다.

"으… 으…."

그는 고통스러운지 입을 다물고 신음 소리를 질질 끌었다. 듣기 고역스러운 소리였지만 미영에겐 그 소리가 지저귀는 새소리처럼 들렸다. 극소량이긴 했지만 몇 달, 몇 년을 먹었을지 모르는 농약 성분 때문에 그는 현기증, 두통, 발열 증세를 겪었다. 처음엔 그도 대수롭지 않게 넘겼지만 점점 증상은 심해졌다. 농약은 교감 신경을 자극해서, 아무리 혈압약을 먹어 대도 계속해서 혈압이 높아졌다.

최근엔 하루에도 몇 번이나 설사를 하느라 탈진하기 일쑤였고, 특히 눈동자가 축소되는 축동이 일어났다. 그는 동공이 작아져 들어오는 빛의 양이 줄어드는 바람에 거의 앞을 보지 못하는 것이나 다름없었다.

서서히 죽어 가는 그의 옆에서 미영은 한쪽 다리를 괴고 앉아 있었다. 숨소리가 잦아들면서 갑자기 그의 안색이 밝아졌는데 미영은 이제 때가 왔음을 직감했다.

"내가 어쩌다, 왜 이렇게 됐나 싶을 거예요. 그죠?"

그녀가 그의 얼굴 가까이 자신의 얼굴을 들이밀면서 말했다.

그리고 속삭였다.

"내가 그랬어, 내가."

미영은 싱긋이 웃었다.

"당신이 날 괴롭히는 건 꾹 참았어. 근데 당신이 어린 딸에게도 손찌검하고, 내가 임신한 줄 알면서도 냉동고에 가라고 할 때 마음을 먹었지. 죽이겠다고."

그는 알아들을 수 없는 말로 울부짖었다. 죽기 직전에 몸부림치는 짐승의 소리와 같았다. 남자는 고통으로 일그러지는 얼굴을 하고 두 눈을 부릅떴다. 그리고 다시는 눈을 감지 않았다. 그와 참 어울리는 결말이었다. 이게 동화라면 여지없이 해피엔딩이었다.

정우는 황미영의 기억을 엿본 후부터 정신병에 걸릴 지경이었다. 그 기억 때문인지 정우의 마음속에 분노가 움텄다. 누군가를 죽이고 싶은 간절함과 살의를 느꼈다.

며칠 후 간만에 제대로 된 식사를 하려던 중이었다. 어쩐 일인지 김이 모락모락 올라오는 얼큰한 콩나물국을 앞에 두고 그는 들고 있던 숟가락을 내려놓았다. 이제 기억은 그의 통제 밖이었고 원하든 원치 않든 예고없이 황미영의 기억과 조우할 수밖에 없었다.

비가 거센 바람에 모로 떨어지는 밤이었다. 빗줄기는 더 굵어 졌고 창문 틈 사이로 바람이 새 나가는 소리가 스산하게 들렸 다. 시야에 보이는 손과 발이 미영의 것보다 더 큼직했다. 정우 는 순간, 이 기억이 서두원의 것인지 황미영의 것인지 헷갈렸 다. 기억 속 누군가는 검은색 우비와 장화를 신고 있어서 성별 이 가늠되지 않았다.

미영의 집 앞마당에 있던 무화과나무 옆에 깊은 구덩이가 있 었다. 누군가가 한 손에 삽을 들고 그 시꺼먼 구멍을 내려다봤 지만 어두워서 잘 보이지 않았다. 주변엔 아무도 없었고 혼자 였다. 빗줄기가 얼마나 센지 마치 누가 뒤에서 쉴 새 없이 어깨 를 두드리는 것 같았다.

정우는 순간 기시감을 느꼈는데, 서두원이 야산에 시체를 파 묻었던 기억이 떠올랐던 탓이었다. 그때와 상황이 흡사했다.

−우르르 쾅쾅.

천둥 번개가 번쩍하면서 2~3초 동안 구덩이 아래를 비췄다. 순서 없이 뒤죽박죽된 사람의 신체가 비로소 선명하게 보였다. 피해자의 신원까진 확인할 수 없었으나 훼손된 것만은 분명했 다. 그러지 않고서야 허벅지와 팔뚝이 나란히 놓여 있는 것은 불가능했으니.

'혹시 서두원의 기억 속인가?'

시신이 유기된 형태가 놈의 기억에서 본 것과 정확히 일치했다. 게다가 황미영 혼자서 삽 한 자루로 이 깊은 구덩이를 파는 것은 쉬이 상상이 되질 않았다.

기억 속 누군가는 삽을 들어 구덩이 속으로 흙을 던졌다. 쉬지 않고 단숨에 구덩이 반쯤까지 흙을 채워 넣었다. 삽질이라는 게 힘줘서 때려 넣는다고 되는 것이 아니라, 일종의 기술이 필요한 일이었다. 그는 삽질에 매우 능숙했다.

'말을 한다든가 거울이 있으면 누군지 정확하게 알 수 있을 텐데.'

이제 구덩이에 흙을 모두 담고 삽으로 땅 위를 탁탁 치면서 다지기 시작했다. 여전히 지친 기색이 없었다. 탁탁, 탁탁탁탁, 탁탁, 탁탁탁탁. 한참이나 리드미컬하게 땅 위를 다지는 작업이 이어졌다.

대문 밖에서는 간간이 오가는 자동차 소리가 들렸고, 빗줄기는 한풀 꺾였다. 그렇게 페이드아웃되듯이 정우는 그 기억 속에서 빠져나왔다.

그는 한동안 멍한 얼굴로 기억을 곱씹었다. 머릿속이 복잡할 때마다 정우가 짓는 표정이었다.

문제는 도무지 분간이 안 간다는 것이었다. 지금 이 기억이 황미영의 것인지, 서두원의 것인지. 사실, 그게 누구의 기억이었든 간에 황미영의 집 화단에 시신이 묻혀 있다는 사실만큼은 확실했다. 그 시신을 찾는다면 이번에야말로 그림자만 쫓던 범인의 발목을 잡을 수 있을지도 몰랐다.

정우는 곧장 황미영의 집으로 갔다. 미영이 요양 병원에 가 있으니 집엔 아무도 없을 거라고 생각했지만, 그의 예상은 여지없이 빗나갔다.

현관문 밖에서부터 돼지기름이 자글자글 끓는 냄새가 났고, 하얀 연기가 담장을 타고 넘어갔다. 서두원과 그의 아내, 딸까지 온 가족이 마당에서 돼지 목살을 굽고 있었다. 원래 살던 아파트 이웃들의 손가락질이 심해지자 비어 있는 장모 집으로 피신을 온 것이었다. 옆 동에 살던 여자가 의식 불명이 된 후 서두원의 집 현관문에는 늘 썩은 계란이나 쓰레기들이 버려져 있었다. 손영희의 가족이 그랬는지는 알 수 없었다. 국숫집도 손영희의 남편이 그렇게 깽판을 친 후 이상한 소문이 돌기 시작했고 손님도 반 이상 줄었다.

서두원은 숯불 위에 올린 돼지고기에 굵은 소금을 툭툭 뿌렸다. 땀을 뻘뻘 흘리면서도 접시에 가지런히 고기와 소시지, 버섯을 담아서 딸에게 건넸다. 서두원의 딸 연수는 어쩐지 그날 이후 기가 죽어 있었다. 그도 그럴 것이 손영희의 딸은 연수의 가장 친한 친구였다. 하루아침에 친구와의 사이가 틀어지다 못해 원수지간이 됐으니 아이에겐 온 세상이 뒤엉킨 느낌일게 뻔했다.

정우는 담장 위로 피어오르는 하얀 연기만 하릴없이 쳐다보다가 사무실로 발길을 돌렸다. 마침 인욱과 수진이 어디 유명한 시장 골목에서 사 왔다며 족발과 쫄면을 식탁 위에 펼쳐 놓았다.

"저 오늘 한 끼도 못 먹었어요. 배고파 죽는 줄 알았네."

인욱은 나무젓가락으로 족발 넉 점을 한번에 집어 입에 넣었다. 두어 번 오물거리자 입안의 족발은 금세 사라졌다. 정우는 그들이 양껏 먹길 기다렸다가 점차 먹는 속도가 느려지고 접시가 비어 가자 말을 꺼냈다. 황미영의 의심스러운 정황과 그녀의 기억에 관한 이야기였다.

"황미영의 집 화단에 시신이 묻혀 있다는 거죠? 이거 내가 끼지만 않으면 일이 잘 풀릴 수도 있겠는데?"

"그게 무슨 말이야?"

수진이 물었다.

"저는 경찰이잖아요. 경찰이 영장도 없이 민간인 집에 들어가서 화단을 파고 그럼 되겠어요? 시체가 나와도 어차피 불법 증거 수집이 되거든요. 근데 정우 형이 이전에 환자였던 사람한테 이상한 이야기를 들었고, 호기심에 화단을 팠는데 시신이 나왔다고 하면?"

"증거 능력이 있겠네."

정우가 고개를 끄덕였다.

"뭐, 물론 불법 주거 침입은 되겠지만 결정적인 증거를 잡는다면 그 정도야."

"근데 지금은 서두원 가족이 거기서 산다며."

수진이 흥분을 애써 누르며 침착하게 물었다.

"응. 당분간, 어쩌면 더 오래 있을지도 모르지."

"그럼 어쩌죠? 집에 아무도 없는 틈을 타야 하나?"

인욱이 습관적으로 다 먹은 포장 용기들을 정리하며 말했다.

"우선 서두원 와이프가 수요일마다 요양 병원에 입원한 황미영을 만나러 가. 매주 수요일이 국숫집 휴무거든. 평일 그 시간대면 딸도 학교에 가 있을 시간이고."

"그럼 내가 서두원만 확실하게 잡아 두면 되겠네요?"

인욱이 이젠 물티슈로 식탁을 닦으며 말했다.

"무슨 수로?"

수진이 물었다.

"저수지에서 CCTV 영상 하나를 건졌거든요. 진짜 이거 찾는다고 아주 그냥 눈이 빠지는 줄 알았어요. 놈이 치매 할머니를 옆자리에 태우고 가는 장면이 찍힌 영상인데 이 내용은 이미 서두원이 경찰 조사에서 말했던 부분이라 특별히 새로운 증거가 되고 이럴 것 같진 않아요. 아무튼 새로운 CCTV 영상이 나온 거니까 참고인 조사한다고 부르면 돼요."

"서두원이 순순히 조사를 받을까?"

"의외로 놈이 수사 기관에 협조를 잘하는 스타일이더라고요. 오늘이 월요일이니까 수요일에 맞춰서 내일모레 오라고 하면 되겠네요."

"혹시 서두원 와이프가 병원에 안 가고 집으로 가거나 할 수 있으니까 그날은 내가 그쪽을 전담할게."

수진이 덧붙였다.

"내일모레라⋯."

정우는 화단에서 시신을 찾을 생각을 하니 벌써부터 머릿속이 복잡했다. 내가 잘할 수 있을까? 이번엔 대체 누구의 시신인 걸까. 정말 시신을 찾을 수 있을까? 어릴 적에 하던 꼬리 잡기 놀이처럼 생각이 꼬리를 물고 끝도 없이 이어졌다.

✦

[ok]

인욱과 수진이 보낸 신호였다. 서두원과 아내는 지금 밖에 있으니 안심해도 좋다는 신호. 정우는 황미영의 집 초인종을 눌렀다. 인기척이 없었다. 그는 심호흡을 한 뒤, 삽 한 자루를 들고 옆 담장을 넘었다. 골목을 오가는 사람은 없었고, 다행히 담장이 야트막해서 거뜬히 넘을 만했다.

정우는 기억을 더듬었다.

"이쪽이었던 것 같은데. 무화과나무 바로 옆."

그는 삽을 땅에 박고는 발꿈치로 꾹 눌렀다. 땅 표면이 제법 단단해서 윗부분을 파는 게 쉽지 않았다. 쉴 새 없이 삽질을 하다 보니 어깨와 팔에 쥐가 나는 것 같았지만 멈출 수 없었다.

그는 힘든 줄도 모르고 뭐에 홀린 사람처럼 땅을 팠다.

서두원이나 그의 아내, 둘 중에 누구라도 집으로 오게 되면 인욱과 수진이 연락을 줄 것이다. 그 사실을 알면서도 정우는 긴장의 끈을 놓을 수가 없었다. 막 물에 들어갔다 나온 사람처럼 정우는 머리서부터 발끝까지 푹 젖어 갔다.

지름 1m, 깊이 1.5m가량의 구덩이를 팠지만 아직은 어떤 흔적도 발견할 수 없었다. 그는 아예 구덩이에 들어가서 삽질을 하기 시작했다. 금세 그의 몸은 흙으로 뒤덮였다.

'아무래도 좀 더 깊었던 것 같아.'

그때 잔뜩 예민해진 정우의 귓가에 삐거덕하고 녹슨 문이 열리는 소리가 들렸다.

정우는 기겁하며 하던 행동을 멈추고 얼른 구덩이 밖으로 뛰쳐나왔다. 그리고 현관문에서는 보이지 않는 주택 모퉁이 너머로 몸을 숨겼다.

'아직 애들한테선 아무 연락도 없었는데, 대체 누구지?'

그가 헐떡이는 숨소리를 내지 않기 위해 안간힘을 쓰며 현관문 쪽을 살폈다. 집에 온 사람은 평일 오전이라면 마땅히 학교에 있었어야 할 서두원의 딸 연수였다. 연수는 누군가 저쪽으로 사라지는 잔상을 포착했는지 주춤하며 말했다.

"아빠? 엄마?"

연수는 마치 남의 집에 들어온 사람처럼 천천히 발을 내디뎠다. 한참을 두리번거리던 아이는 집 안으로 들어갔다. 정우는 연수를 피해 몸을 웅크린 채 주택의 뒤편까지 갔고, 담을 타고 밖으로 나왔다. 머릿속엔 '왜 이 시간에 학교에 있어야 할 아이가 혼자 집에 온 거지?'라는 생각뿐이었다.

부모님에게 내색하진 않았지만 그날 이후 연수는 학교에서 따돌림을 당했다. 손영희의 딸은 연수의 아빠가 자신의 엄마를 해쳤다고 믿었다. 그래서 친한 친구였던 연수를 더더욱 용서할 수 없었다. 연수의 아빠가 외도를 하고 사람을 해쳤다는 소문이 학교에 파다하게 퍼지면서 아이는 점점 고립되어 갔다.

연수는 하루아침에 외톨이가 되었다. 아무도 그녀에게 말을 걸지 않았다. 점심시간에 혼자서 밥을 먹는 게 죽기보다 싫었던 연수는 선생님께 아프다는 거짓말을 하고 조퇴했다.

정우는 본능적으로 몸을 피해 차에 탔지만 이러지도 저러지도 못 하는 상황이 되어 버렸다.

"큰일이네. 원상 복구라도 해 놓고 나와야 하는데 어쩌지."

그때 인욱에게서 전화가 걸려 왔다.

"형! 방금 서두원 경찰서에서 나갔어요. 아씨, 그 조 변호사 새끼가 와서 또 금방 데리고 가 버렸어요. 내가 좀 오래 붙잡아 두려고 했는데. 거기 상황은 어때요? 시신은 찾았어요?"

"서두원 딸이 갑자기 집에 들이닥치는 바람에 구덩이를 파 둔 채로 도망쳤어. 어쩌지?"

"엥? 학교에 있을 시간 아니에요? 왜 이 시간에 집에 왔지?"

"일단 끊어 봐."

이어서 수진이에게서 문자 메시지가 도착했다.

[황미영 씨랑 서두원 와이프. 이제 막 병원에서 나갔어. 아무래도 둘이 같이 집에 가는 것 같은데?]

정우는 생각에 잠겼다.

황미영의 집엔 딸아이가 있을 뿐더러 곧 서두원과 그의 아내도 들이닥칠 테니 다시 들어가는 것은 무모한 짓이었다. 하지만 서두원이 구덩이가 파여 있는 것을 알면 시신을 다른 곳으로 옮기거나 없앨 게 뻔했다. 이러지도 저러지도 못하는 상황에 정우는 괴로운 듯 핸들에 머리를 박았다.

'위험을 무릅쓰고서라도 다시 들어가야만 해.'

정우는 뒤편 담장을 통해 다시 놈의 집 안으로 들어갔다. 연수가 정우를 지켜볼 수도 있는 상황이었지만 다른 방도가 없었다.

그는 구덩이에서 삽을 꺼내 주변 흙을 다시 담기 시작했다. 반쯤 정신이 나간 사람처럼 삽질을 하다 보니 구덩이는 금세 채워졌다. 파는 게 오래 걸리지 그에 비해 담는 것은 금방이었다. 땅이 헤집어진 표시는 났지만 그것까지 마무리할 여유는 없다. 정우가 삽을 들고 담장을 넘을 때쯤 서두원이 대문을 열고 들어왔다. 그는 침입자의 냄새를 맡은 맹견처럼 주변을 살폈다. 그리고 어수선하게 어질러진 화단 쪽으로 천천히 발걸음을 옮겼다.

─이야옹.

집에 자주 찾아오는 낯익은 길냥이가 소리를 내며 그에게 아는 척을 했다. 그때 서두원은 집 밖으로 나오는 딸과 마주쳤다.

"어? 연수야, 너 왜 집에 있어? 학교 벌써 끝났어?"

"아빠. 아, 그게⋯."

부모님이 집에 들어오기 전에 밖에 나가려던 아이는 계획이 실패하자 난감한 표정을 지었다.

"오늘 몸이 좀 안 좋아서 조퇴했어."

"그럼 아빠한테 전화하면 데리러 갔을 텐데. 학교서 혼자 온 거야?"

"네⋯."

"근데 아프다면서 어디가?"

"어? 집에서 좀 쉬니까 괜찮아져서 편의점 다녀오려고."

"편의점에서 뭐 사려고? 그러지 말고 아빠랑 맛있는 거 먹으러 가자."

아이는 거짓말을 잘 못하겠는지 계속해서 말끝을 흐렸다. 서두원은 아이가 거짓말하는 것을 알고도 속아 주며 어깨를 토닥였다.

온몸이 흙으로 뒤범벅된 정우는 자신의 집으로 가고 있었다. 차 안에는 거름섞인 흙내가 가득했다. 허탕이었다. 그는 한숨조차 나오지 않을 만큼 심란했는지 묵묵히 핸들을 돌렸다. 점차 긴장이 풀리자 경직됐던 근육이 욱신거렸다.

횡단보도에 빨간 불이 켜지고 잠시 정차한 사이, 옆 차선에서 깜빡이도 켜지 않고 끼어드는 개념 없는 운전자처럼 정우의 복잡한 머릿속에 어떤 기억이 불쑥 끼어들었다.

✦

여자 아이가 한 손으로 코를 움켜쥐고 있었다. 오목하게 모은 손 우물 사이로 피가 뚝뚝 떨어졌다. 황미영은 깜짝 놀라며 휴지를 찾을 틈도 없이 누렇게 바랜 자신의 티셔츠 자락을 늘어뜨려 진숙의 얼굴을 닦았다.

"뭐야! 어쩌다 이렇게 됐어? 누가 그랬어!"

미영은 버럭 하고 소리를 질렀다. 혼자 넘어졌거나 다쳤다고 생각했을 수도 있겠지만, 그녀는 본능적으로 누군가 딸을 때렸을 거라고 짐작했다.

엄마의 말에 아이는 울지도 않고 죄인처럼 고개를 푹 숙였다.

"턱을 들고 있어. 그래야 피가 멈추지."

미영은 손바닥으로 아이의 턱을 살며시 받치며 얼굴에 난 상처를 살폈다. 다행히 코뼈가 부러진 것 같지는 않았다.

미영은 진숙의 작은 콧구멍에 휴짓조각을 돌돌 말아 넣었다. 휴지는 타들 듯이 금세 붉게 젖어 들었다. 그렇게 콧속 휴지를 서너 번 갈고 나니 그제야 피가 멈췄다.

"진숙아, 누가 너 이렇게 만들었어? 코피는 왜 난 거야?"

아이가 주춤하며 아랫입술을 깨물었다.

"괜찮으니까 말해 봐. 응?"

"떡집 오빠가 발로 찼어."

진숙은 기어 들어가는 목소리로 웅얼거리듯 말했다.

"떡집? 저기 시장 떡집 아들? 걔가 왜 너를 발로 차?"

시장 골목의 터줏대감 격인 떡집 아줌마에겐 나이 마흔넷에 낳은 늦둥이 아들이 있었다. 매일같이 빳빳한 태권도 도복에 검은 띠를 훈장처럼 매고 다니던 녀석. 그 아인 진숙이보다 3살 많은 6학년이었다. 조금 까불긴 해도 어른한테 인사도 곧잘 하고 못된 아이라고는 생각해 본 적 없었는데 미영은 엉망이 된 진숙의 얼굴을 보고 있자니 부아가 치밀어 올랐다.

"이런 상놈의 새끼가 어디 남의 집 귀한 자식 얼굴에 발차기를 해? 가만 안 둬!"

미영은 피로 붉게 물든 옷을 갈아입을 새도 없이 떡집으로 향했다. 워낙 성격이 드세고 목소리가 커서 누구 하나 쉽사리 건드는 사람이 없는 떡집 아줌마였지만 그 순간만큼은 미영도 눈에 뵈는 것이 없었다.

"아줌마! 아줌마 아들이 발로 차서 우리 딸 쌍코피 났어요. 이거 어떻게 할 거예요?"

떡집 아줌마는 심드렁한 표정으로 얼핏 미영의 옷가지에 묻은 피와 진숙의 얼굴을 보더니 이내 시선을 거뒀다. 그리고 별일 아니라는 듯이 떡을 진열해 둔 가판대 위로 파리채를 휘휘 저었다.

"지금 내 말 듣고 있는 거예요? 남의 딸 얼굴을 이 지경으로 만들면 어쩌자는 거예요? 아무리 애라도 그렇지 이렇게 폭력을 쓰면 되겠어요?"

미영이 시장에서 장사를 시작한 지는 반년도 채 지나지 않았다. 말수가 없어 늘 조용하던 그녀가 소리를 치자 시장 사람들이 무슨 일인가 하고 모여들었다.

"뭐? 폭력?"

무시하던 떡집 아줌마가 폭력이라는 단어에 반응하며 눈을 번뜩였다.

"그럼 이게 폭력이지 뭐예요?"

"우리 아들이 이유없이 애를 때렸겠어? 뭔가 맞을 만하니까 때렸겠지. 우리 아들은 가만히 있는 사람을 건드릴 애가 아니야. 쟤가 뭔 잘못을 했겠지."

떡집 아줌마는 턱을 치켜들며 진숙을 가리켰다.

"야! 네가 오빠한테 버릇없이 말하다가 맞은 거 아니야? 말해 봐! 말해 보라니까!"

진숙은 떡집 아줌마 기세에 뒷걸음질 치며 울먹였다.

"그리고 애들 일에 어른이 나서고 그러는 거 아니야. 애들 일은 애들끼리 해결하게 내버려 둬야지 철없이 어딜 나서, 나서길! 얼른 가! 남의 장사 방해하지 말고."

미영은 몸을 부들부들 떨면서도 남은 용기를 짜내 소리를 질렀지만 씨알도 먹히지 않았다.

"야! 꺼지라는 말 안 들려? 오늘 하루 재수가 없으려니까. 퉤. 시장에 들어온 지 얼마나 됐다고 거만을 떨어 거만을 떨길. 내가 시장 막 왔을 때는 주변 상인들한테 밉보이지 않으려고 얼마나 노력을 했는데. 요즘 것들은 쫓겨나 봐야 정신을 차리지."

가게 안쪽에 있는 방에서 텔레비전을 보고 있던 사내아이가 엄마 뒤에서 빼꼼 얼굴을 내밀었다. 애지중지하는 늦둥이 아들은 지금 상황이 우습다는 듯이 혓바닥을 날름거리며 약을 올렸다. 떡집 아줌마 패거리인 과일 가게 아줌마와 분식집 아줌마까지 가세해서 미영을 몰아붙이기 시작했고, 결국 그녀는 진숙의 손을 잡고 가게로 돌아올 수밖에 없었다.

미영은 분을 이기지 못해 한참 동안 눈물을 쏟았다. 옆에서 진숙은 엄마의 눈치를 보며 등을 토닥였지만, 미영은 아이의 손이 자신의 등에 닿을 때마다 더 큰 소리로 울음을 터뜨릴 뿐이었다.

다음 날 아침, 정육점 앞을 유유히 지나가는 떡집 늦둥이 아들을 보자마자 미영은 뭔가에 홀린 듯 가게에서 뛰쳐나갔다. 그리고 이를 꽉 다물고는 아이의 엉덩이를 발로 뻥 찼다. 그마저도 비켜 맞아서 실상은 웬만한 타격감도 주지 못했다.

아이는 아프기보단 난데없는 상황에 놀란 눈치였다. 아이는 상황 파악을 하자마자 시장이 떠나가게 울기 시작했다. 울음보단 고함이나 비명을 지르는 것에 가까웠다.

"으아아앙!"

"너 또 우리 딸 때리기만 해 봐. 내가 가만 안 둔다. 알겠어?"

미영은 씩씩거리며 말했다. 아이는 바로 떡집으로 달려갔고, '저 아줌마가 내 엉덩이를 걷어찼다.'라는 아들의 고자질을 듣자마자 떡집 아줌마는 신발도 신지 않고 한걸음에 정육점 앞까지 뛰어왔다.

"네가 감히 우리 아들을 건드려? 너 오늘 잘 걸렸다."

떡집 아줌마는 오랜 장사로 삼두 중에서도 상완삼두 근육이 발달해 있었다. 떡집 아줌마에게 제대로 머리채가 잡힌 미영은 머리카락이 몽땅 뽑히다시피 할 정도로 수모를 겪었다.

✦

기억이 매캐한 연기처럼 사라질 때쯤 정우는 집에 도착했다. 그는 바로 샤워부터 했는데, 흙탕물이 하수구 속으로 소용돌이치듯 빨려 들어갔다. 온몸이 씻겨 내려가자 마치 덕지덕지 붙어 있는 자신의 죄가 씻기듯 개운한 마음이 들었다. 정우는 이래서 사람들이 죄가 '씻긴다'는 표현을 쓰는구나 싶었다.

기억을 통해 추측건대 황미영과 진숙은 떡집을 하던 치매 할머니와 썩 좋은 관계는 아니었을 것이다. 옛날의 악연 때문에 30년이 지난 지금 떡집 할머니를 죽이려고 했다는 건가. 정우는 쉬이 납득이 가지 않았다.

그는 목욕 후에 다시금 황미영의 집으로 향했다. 구덩이를 대충 덮어 놓은 탓에 놈이 눈치를 채진 않았을지 마음을 졸였다. 정우가 갔을 때는 이미 서두원과 황미영, 진숙과 연수가 모두 귀가한 후였다. 정우가 그곳에 계속 있지도 떠나지도 못 하고 차로 맴도는 사이 골목 어귀엔 짙은 어둠이 깔렸다.

[010—xx94—9384]

그때 낯선 번호로 전화가 걸려 왔다.

"여보세요."

"안녕하세요. 늦은 시간에 죄송합니다. 박해숙 씨한테 번호를 받아서 연락드리는데요."

"박해숙 씨요?"

정우는 순간적으로 박해숙이 누군가 싶었지만 남자의 이어진 말을 듣고서 바로 알아차릴 수 있었다.

"3년 전에 지수 씨랑 같은 상담 센터에 다녔어요. 전 이해준이라고 합니다."

정우는 지수와 함께 그룹 상담을 했었던 해숙에게서 자신의 연락처를 건네받았다는 이 남자의 용건이 뭔지 궁금했다.

"무슨 일이시죠?"

"괜찮으시면 만나서 이야기를 나누고 싶은데요."

"지금이요?"

"오늘이 안 되시면 내일도 괜찮습니다."

"아뇨. 지금 뵙죠. 어디신가요?"

이해준이란 남자는 정우가 사는 곳에서 지하철로 한두 정거장 가량 떨어진 동네에 살고 있었다. 정우가 카페에 들어서서 주변을 두리번거리자 한 남자가 팔을 번쩍 들어 약속 상대가 자신임을 알렸다. 그는 정우보다 대여섯 살 정도 나이가 많아 보였고, 복장이나 머리 스타일을 보니 평범한 직장인 같았다.

"갑작스럽게 연락드려서 당황하셨죠?"

"네, 저를 보자고 하신 이유가."

정우는 바로 용건을 듣기 위해 서둘렀다. 해준은 앞에 놓인 음료수로 목을 축이면서 시간을 끌었다.

"저는 10년 전에 교통사고로 아내를 잃었어요. 아내가 죽고 우울증에 시달리다가 상담 센터에 가게 됐고요. 거기서 지수 씨를 처음 만났어요."

정우는 대답 없이 고개를 끄덕이며 그의 말에 귀 기울였다.

"아무래도 1년 정도 같이 그룹 상담을 하다 보니까 친하진 않아도 얼굴 보면 서로 인사를 건넬 정도의 사이는 됐었어요. 근데 지수 씨가 죽기 바로 전날 밤에 우연히 길에서 지수 씨를 만났어요. 평소답지 않게 뭐랄까. 좀 다급해 보였는데 저한테 이걸 좀 맡아 달라고 하더군요."

해준은 호주머니에서 작은 메모리 카드를 꺼냈다.

"이게 뭐죠?"

"저도 뭔가 했는데 나중에 확인해 보니 자동차 블랙박스에 있는 메모리 카드더라고요."

"블랙박스 메모리 카드라⋯ 이 안에 뭐가 찍혔나요?"

정우는 지수가 죽기 바로 전날이라는 말을 듣자마자 심장이 빠르게 뛰었다. 해준은 그런 정우의 반응이 느껴졌는지 주저하는 것처럼 보였다.

"지수 씨가 성추행당하는 영상이 담겨 있었어요."

"뭐라고요?"

정우는 그의 말을 듣자마자 지수가 죽기 전날 조 변호사를 만났던 사실이 떠올랐다. 지수는 조 변호사에게 이혼 전문 변호사를 소개받았고, 이후 차에서 그에게 성추행을 당했다고 했다. 정우가 뒤늦게 그 사실을 알고 따지러 갔을 때 조 변호사는 이렇게 말했다.

'집에 데려다주는데 지수가 잠이 들었더라고. 그래서 입을 맞추려고 했던 것은 사실이야. 나는 지수가 날 좋아하는 줄 알았는데 아니더라고. 밀치면서 갑자기 내 뺨을 치는데, 와⋯ 그거 진짜 기분 거지 같더라. 그래도 나는 꾹 참았다고. 앞으로 다신 볼 일 없을 거로 생각했지.'

'네가 감히 지수를 건드려?'

'이봐! 건드리고 멱살이라도 잡히면 내가 덜 억울하겠는데 그런 일은 없었다고. 내가 뭐가 아쉬워서 나 싫다는 여자를 만나? 나 참 억울하네. 지수가 있었으면 말이라도 해 줬을 텐데.'

해준은 챙겨 온 노트북을 꺼내서 정우가 직접 영상을 확인할 수 있도록 도왔다. 순간적으로 영상을 확인하는 게 두려웠던 정우가 그에게 물었다.

"왜 이제야 이걸 저한테 주시는 거죠? 이런 게 있었다면 더 빨리 주셨어야죠."

"미안합니다. 정우 씨가 이걸 보는 순간 이 남자를 죽일지도 모른다는 생각이 들어서…. 그래서 망설였습니다."

정우는 대체 영상에 무엇이 찍혔기에 이 남자가 이렇게 말하는 것인지 보기 전부터 두려움 섞인 분노가 들끓었다.

"내가 당신이었다면 분명 죽였을 겁니다. 그래서 더 줄 수가 없었어요. 당신이 살인자가 될까 봐. 나 역시 아내를 잃고 그 상실감으로 오래도록 우울증을 앓았으니까요."

정우는 노트북에 메모리 카드를 넣고 폴더를 열었다. 파일이 빼곡히 담겨 있었는데 그는 침착하게 지수가 바로 죽기 전날인 날짜를 찾았다.

"찾아보니까 이 블랙박스 기종이 전방 후방뿐만 아니라 320도 와이드 화각으로 실내 촬영까지 되더라고요."

영상을 클릭하자 익숙한 얼굴의 조 변호사가 평소처럼 운전하는 모습이 담겨 있었다. 마우스를 움직여 영상의 뒷부분으로 이동하자 조 변호사가 500원짜리 동전으로 무언가를 빼는 모습이 보였다.

"아무래도 저놈이 지수 씨에게 뭔가를 먹인 것 같아요."

12
새로운 범인

"아내가 죽고, 거의 1년 동안 밤에 잠을 못 잤거든요. 그때부터 불면증 치료제를 복용했어요. 약 자체는 인체에 문제될 게 없어요. 먹는다고 즉각 잠이 오는 것도 아니고요. 그런데 이게 술과 함께 먹게 되면 순간적으로 의식을 차리기 힘들다고 하더군요."

영상의 중간 부분을 넘기고 나니 지수가 조수석에 타는 모습이 보였다. 정우는 영상 속의 그녀를 보자마자 심장이 얼어붙는 것만 같았다. 두 사람은 식당으로 보이는 곳에서 내렸고, 한두 시간 후에 다시 차에 탔다.

지수가 조 변호사의 차에 탔을 때는 조금 전과 달리 몹시 피곤해 보였는데, 술에 취한 듯이 몸동작이 둔해져 있었다. 그날 오전에 변호사를 만나 이혼 소송 상담을 받았으니 술을 외면하기긴 힘들었을 것이다.

눈꺼풀을 천천히 움직이던 그녀는 이내 고개를 옆으로 떨어뜨리고 곤히 잠이 들었다. 조 변호사는 고개를 쭉 빼서 그녀가 잠든 것을 확인하고 인적이 드문 길가에 차를 세웠다.

조 변호사의 행동은 처음엔 조심스러웠으나 점점 대담해졌다. 지수는 만취한 것은 아니었는지 자신의 몸에 누군가의 무게가 실리자 몸을 뒤척였다. 그녀가 움직이자 조 변호사는 주춤하며 물러나더니 다시금 몸을 조수석 쪽으로 향했다.

그때 정신을 차린 지수가 비명과 함께 양손으로 있는 힘껏 그를 밀어냈다. 그리고 손목 스냅을 활용해서 세차게 그의 뺨을 내리쳤다.

―짝.

조 변호사는 이런 상황을 맞닥뜨린 게 처음인지 놀라며 자신의 뺨을 감쌌다. 그의 얼굴은 저화질 영상에서도 보일 만큼 눈에 띄게 붉어졌다. 그는 눈을 부릅뜨며 욕설을 뱉었고, 그 옆에는 잔뜩 주눅이 든 지수가 보였다. 영상 속의 목소리는 들리지 않았지만, 입 모양과 제스처만으로도 충분히 그 내용을 유추할 수 있었다.

"이게 뭐 하는 짓이야? 놀랐잖아. 갑자기 이러면 어떡해."

지수가 풀어 헤쳐진 옷을 추스르며 차분한 목소리로 말했다. 정우는 그녀가 몹시 떨고 있음에도 태연한 척을 하고 있다는 것을 단번에 알아차렸다.

"아직 이혼한 것도 아니고…. 난 아직 다른 사람을 만날 생각이 없어. 때린 건 미안해. 너무 놀라서 그랬어."

조 변호사는 연신 욕설을 하더니 그녀가 달래자 화가 조금 누그러진 듯 보였다.

"갑자기 너무 덥다. 우리 커피 좀 마실까?"

지수는 양손으로 손부채질을 하더니 덥다며 커피를 마시러 가자고 말했다. 조 변호사는 여전히 불쾌한 표정을 숨기지 않으며 차에 시동을 걸었다. 지수는 그런 그의 마음을 풀어 주려는듯 애써 웃음을 지으며 그의 팔을 툭툭 치기도 했다.

조 변호사는 커피를 사기 위해 잠시 차에서 내렸다. 그가 카페 안으로 들어가는 것을 확인하자마자 지수의 표정은 돌변했다. 그녀는 아랫입술을 질끈 깨물며 고통스러운 얼굴로 눈물을 참고 있었다. 그녀는 덜덜 떨리는 손으로 백미러 옆에 달린 블랙박스를 더듬었다. 영상엔 붉게 충혈된, 절박한 지수의 눈동자가 크게 잡혔다. 메모리 카드를 잘 못 찾겠는지 화면이 거칠게 흔들리다가 이내 영상은 꺼졌다.

해준은 그의 눈치를 살피며 말했다.

"제가 지수 씨를 만난 게 이 커피숍 근처예요. 상황을 유추하자면 지수 씨는 성추행을 당하고 태연하게 상황을 넘기며 연기를 한 거죠. 그리고 남자가 안심한 사이에 증거가 될 메모리 카드를 들고 도망친 거고요. 이 커피숍에서 20m 떨어진 거리에서 우연히 저를 만났는데 이 남자한테 메모리 카드를 뺏길까 봐 두려워했던 것 같아요. 그래서 저한테 맡긴 거죠. 절대 아무한테도 주지 말라는 말을 남기고 급히 택시를 타고 집에 갔어요."

그다음 상황은 뻔했다. 커피를 사 온 조 변호사는 지수가 메모리 카드를 가지고 사라진 것을 알고 분노했고, 그리고 그것을 찾아오기 위해 무슨 짓이든 했을 것이다. 그 영상은 교도소 직행 티켓이었다.

지수는 해준에게 맡긴 메모리 카드를 받아서 경찰에 신고하든 고소하든 했을 것이다. 하지만 그다음 날 오전에 갑작스럽게 이모가 찾아왔고, 이후엔 친아빠의 딸에게 연락이 와서 병원에 가는 일로 바쁜 하루를 보냈다.

정우가 아무 대꾸도 하지 않자 그는 말을 이었다.

"굉장히 질이 나쁜 놈입니다. 이 영상들 속에는 지수 씨 말고도 피해자가 다수 존재해요. 합의에 의한 관계도 있었지만 이런 식으로 피해자를 추행하는 경우가 대부분입니다. 제가 정우 씨에게 메모리 카드를 더 빨리 넘겼어야 했는데…. 과연 이것을 보고도 정우 씨가 이성적으로 처리할 수 있을까? 버틸 수 있을까? 나라면 어떨까? 뭐 이런 생각 때문에 지체가 됐네요. 미안합니다."

정우는 겉보기엔 침착하게 상황을 파악하는 것처럼 보였지만 실은 그 반대였다. 작금의 상황을 온몸으로 튕겨 내고 있었다. 그는 영상 화면을 휴대전화로 몇 장 찍고는 자리에서 일어섰다.

해준이 무슨 말을 했지만 정우의 귓가에는 들리지 않았다. 가청 주파수에 듣지 못한 소리처럼 삐, 소리만 날 뿐이었다. 그는 눈이 건조한지 뜨고 감는 것도 뻑뻑해서 고통스러웠다.

정우는 그길로 블랙박스 영상 캡처 사진을 첨부해 조 변호사에게 문자를 보냈다.

[근린 공원 주차장, 지금 당장.]

조 변호사에게서 바로 전화가 걸려 왔지만 받지 않았다.

정우는 문자로 통보한 장소에서 기다렸다. 공원엔 오가는 사람이 없었다. 우거진 갈대가 낭창거리며 흔들리는 소리가 들렸다. 차 한 대가 한적한 주차장으로 들어왔다. 빨간색 포르쉐가 아닌 조 변호사의 세컨 카, 은색 링컨 SUV였다.

그가 차에서 내려 정우에게 걸어왔다. 발을 앞으로 내딛고 있는데 마음은 가길 꺼려 하는, 부조화가 느껴지는 어색한 걸음걸이였다. 조 변호사가 다가오자 정우는 면상을 제대로 확인할 겨를도 없이 바로 주먹을 날렸다.

그는 정우의 행동을 예상했는지 몸을 움츠리며 방어했지만 속절없이 나가 떨어졌다. 그가 몸을 겨우 일으켰을 때 정우는 다시 복부로 주먹을 날렸다.

조 변호사는 이런 류의 고통이 익숙하지 않은지 땅바닥에서 데굴데굴 구르며 고통에 몸부림쳤다.

"아! 씨발, 내가 괜히 그 년이랑 엮여서."

조 변호사는 그 말을 하지 말았어야 했다.

그는 그 말을 함과 동시에 정통으로 턱을 맞았고, 정확히 치아 두 개가 나갔다. 바닥에 침을 뱉자 피와 함께 멀쩡한 치아 두 개가 보였다. 곤죽이 돼서 바닥에 뻗어 있는 조 변호사에게 정우가 처음으로 말을 꺼냈다.

"네가 죽였어? 이 메모리 카드 뺏으려고?"

"뭐? 누가 누굴 죽여? 아하하하!"

그 말을 듣자마자 조 변호사는 신음처럼 웃음소리를 흘렸다. 턱이 흔들리는지 웃음소리가 입에서 가냘프게 새어 나갔다.

"네가 아니면 털털이한테 진범을 불라고 해."

"뭐? 뭐라고?"

조 변호사가 정우를 올려다봤다.

"털털이가 경찰한테 진술하게 만들라고. 정확히 '연쇄 살인 범인은 서두원이고, 그에게서 직접 장모가 사는 집 화단에 시신이 묻혀 있다는 이야기를 전해 들었다.'라고 진술하게 해. 시간은 딱 3일 줄 거야. 안 그럼 이 파일은 경찰이랑 언론에 동시에 넘길테니까. 그 뒤로 네가 어떻게 될지는 네가 더 잘 알겠지."

"내가 증언 받으면 그거, 그거 없애 줄 거야?"

정우는 그에게 눈길을 주지 않은 채 뒤돌아 사라졌다. 그마저도 정우가 엄청난 인내심을 발휘한 것임을 조 변호사는 알지 못했다.

서울 남부 교도소 수용자 접견실.

털털이는 엉망이 된 조 변호사의 얼굴을 보고 흠칫 놀라며 의자에 앉았다.

"얼굴은 왜 그래요?"

조 변호사가 비웃으면서도 찢어진 입술이 아픈지 인상을 쓰며 말했다.

"지금 남의 얼굴 걱정할 때요? 사형 선고받은 사람이?"

조 변호사가 날카롭게 빈정대며 눈을 흘겼다. 이전 같았으면 받아쳤겠지만 어쩐 일로 털털이는 그의 눈치만 살폈다.

"나 이제 당신 변호사 아닙니다. 오늘부로 사임한다는 말하려고 왔습니다."

"뭐요?"

"나는 지는 싸움은 하지 않아. 알아들어?"

"…."

조 변호사가 으르며 말하자 털털이는 신경질적으로 머리를 긁었다.

"정확히는 심급 대리 원칙에 따라 항소심에서 나는 당신 변호사가 아니에요. 당신이 재선임을 해야 하니까요. 근데 나는 이만 여기서 손 떼겠다는 말입니다."

조 변호사가 손을 털면 털털이의 변호를 맡아 줄 사람은 아무도 없었다. 지탄받는 연쇄 살인마에, 1심에서 사형 선고까지 받았으니 국선 변호사들조차 기피할 게 불 보듯 뻔했다.

"그럼 나는 어떡하라고!"

털털이가 주먹으로 책상을 세게 내리치며 소리쳤다. 그의 반응을 살피더니 조 변호사가 속삭이듯 작게 말을 이었다.

"잘 들어요. 이 사건을 파는 건 경찰만이 아닙니다. 경찰보다도 더 지독하게 사건을 파는 사람들이 있어요. 살해당한 피해자의 가족들 말입니다. 그들은 이미 진범이 당신이 아니라 서두원이라는 것도 모두 알고 있어요. 내 몰골을 보면 알겠지만 나 또한 그들에게 협박을 받고 있어요."

조 변호사가 흥분해서 이야기하는 사이 찢어진 입술에서 다시 피가 흘러내렸다.

"서두원은 끝났어요. 증거가 있다면 법의 심판을 받게 될 테고, 증거가 없다면 그들이 스스로 처단하겠죠. 이러거나 저러거나 끝났다는 겁니다. 그러니까 당신도 제발 뻘짓 그만하고 진범을 불어요. 그게 당신이 살길이에요."

"범인은 서두원이라고 말만 하면 되는 거요?"

"지금 내가 경찰을 부를 거예요. 경찰한테 연쇄 살인범은 내가 아닌 서두원이다. 그리고 서두원에게 직접 그의 장모 집 화단에 시신이 묻혀 있다는 이야기를 들었다고 진술하세요. 그럼 당신의 변호를 계속 맡겠습니다."

"난 서두원한테 그런 이야기를 들은 적이 없는데."

"말귀를 더럽게 못 알아듣네. 화단에서 시신이 발견되면 범인은 당신이 아니라 서두원으로 바로 특정된다는 거예요. 그래서 할 거예요, 말 거예요?"

"정말 화단에 시신이 묻혀 있소?"

"그건 알 거 없어요. 그래서 할 거예요, 말 거예요?"

조 변호사는 속으로 모든 신경을 곤두세우면서도 심드렁한 척 책상 위에 너저분히 흩어진 서류를 한데 정리했다. 털털이는 잠시 고민하는 듯하더니 말했다.

"하겠소. 경찰에 말하겠다고."

─탁.

그의 말을 듣자마자 조 변호사가 해냈다는 식으로 파일을 들어 책상 위를 경쾌하게 내리쳤다.

"좋아요. 당장 경찰을 부르겠습니다. 그대로 진술하기만 하면 돼요."

✦

인욱은 후배인 철호의 연락을 받고 병원으로 향하는 중이었다. 얼마나 마음이 급했는지 그는 사람들이 가득 찬 엘리베이터를 피해 비상 계단을 단숨에 뛰어 올라갔다. 병실에 도착했을 땐 가족들이 손영희를 둘러싸고 있었다.

"고마워. 눈 떠 줘서. 일어나 줘서 정말 고마워."

남편은 흐느끼며 삐쩍 마른 그녀의 손에 얼굴을 비볐다.

서두원의 차에서 뛰어내렸던 그녀가 극적으로 의식을 차린 것이었다. 인욱이 고개를 숙여 인사하며 병실 안으로 들어갔다. 인욱을 알아본 가족들이 조금씩 움직여서 인욱에게 침상 옆 공간을 내주었다. 인욱이 영희의 눈을 바라보며 한 음절씩 또박또박 말을 걸었다.

"저는 손영희 씨 교통사고 건을 조사 중인 경찰입니다. 영희 씨를 이렇게 만든 사람, 이 사람 맞아요? 맞으면 눈을 두 번 연달아 깜빡여 주세요."

인욱은 휴대전화에 있던 서두원의 사진을 내밀었다. 손영희는 눈을 천천히 두 번 깜빡였고, 고여 있던 눈물이 관자놀이를 타고 흘렀다. 영희의 눈만 바라보고 있던 가족들도 그 모습을 보며 탄식했다. 인욱은 고개를 끄덕이며 철호에게 바로 전화를 걸었다. 그리고 단호한 음성으로 힘주어 말했다.

"체포해."

인욱은 병원에서 곧장 황미영의 집으로 향했다. 그가 집에 도착했을 땐 철호를 비롯한 경찰 몇 명이 현관문 초인종을 누르고 있었다. 안에선 별다른 인기척이 없었다.

ㅡ탕탕탕.

"서두원 씨 계시죠? 경찰입니다. 문 여세요."

철호가 긴장을 끈을 놓지 않은 채 주먹으로 문을 두드렸다. 그때 삐걱 소리를 내면서 문이 천천히 열렸고, 부스스한 모습의 서두원이 보였다.

"서두원 씨 맞죠? 당신을 손영희 씨 살인 미수 및 김지유 양 살인 혐의로 긴급 체포합니다. 당신은 변호인을 선임할 수 있고, 변명의 기회가 있으며 체포구속적부심을 법원에 청구할 권리가 있습니다."

인욱은 철호가 미란다 원칙을 고지하고 서두원의 팔목에 수갑 채우는 것을 지켜보았다. 그때 황미영이 방 안에서 나오더니 목청껏 소리를 지르기 시작했다.

"당신들 누구야! 누군데 남의 아들을 잡아가! 당장 나가지 않으면 경찰 부를 거야!"

치매에 걸린 황미영은 서두원을 아들이라고 불렀다. 고함을 듣고서 진숙도 황급히 화장실에서 나왔다.

"누구세요? 여보! 이게 무슨 일이야⋯. 저기요! 누구시냐니까요!"

욕실에서 머리를 감던 중 급하게 나온 진숙이 머리카락에서 물을 뚝뚝 떨어트리며 서두원의 곁으로 왔다.

"경찰입니다. 서두원 씨를 살인 혐의로 체포합니다. 이만 연행해!"

"그게 대체 무슨 말이에요? 살인이라니⋯. 누가 누굴 죽여요? 우리 남편이요? 우리 남편이 사람을 죽였다고? 잘못 아신 것 같은데. 지금 뭐가 잘못됐어요."

몸집이 좋은 경찰 두 명이 서두원의 양쪽에 서서 한 팔씩 잡았다. 진숙은 울먹이며 남편이 끌려가지 못하게 등 뒤에서 옷가지를 단단히 잡았다. 황미영은 진즉에 서두원의 바지 끄트머리를 잡고 있었다.

"빨리 경찰 불러! 이 사람들이 우리 아들 데려가려고 하잖아!"

미영이 악다구니를 쓰며 진숙에게 말했다. 서두원은 침착한 목소리로 진숙에게 당부했다.

"진정하고, 연수한테는 잘 말해 줘. 우리 딸이 이런 꼴을 안 봐서 다행이네."

서두원은 머지않아 이런 일이 있을 거라고 예감한 사람처럼 담담한 모습이었다. 황미영과 진숙이 맨발로 경찰을 막아 서 봤지만 역부족이었다. 서두원은 경찰 손에 이끌려 차에 탔고, 진숙은 울부짖는 황미영을 부축하다 다리에 힘이 풀렸는지 맨바닥에 주저앉고 말았다.

인욱은 그들에게서 한 발 떨어져 체포 과정을 관망했다. 모르고 보면 애절한 가족의 생이별이라 할 법한 장면이었다. 그는 고개를 절레절레 저으며 놈의 뒤를 따라 경찰서로 향했다.

인욱은 조사실에 앉아 있는 서두원에게 자판기 커피 한 잔을 뽑아서 건넸다. 그는 불안하게 흔들리는 시선을 앞에 놓인 종이컵에 애써 고정했다.

"조사 시작하기 전에 먼저 하고 싶은 말 있어요?"

인욱이 물었다. 그는 종이컵에서 시선을 떼어 인욱의 얼굴로 옮겼다.

"휴우…."

그러고는 한숨을 느리고 또 길게 뱉었다.

"제가 했어요, 다."

"뭘 했다는 거죠?"

"살인이요."

"누굴 죽였는데요?"

"강에서 발견된 노인이랑 조폭 그리고 그 대학생, 또 누구더라."

"대학생이라고 하면 이수영 양을 말하는 겁니까?"

"이름은 모르겠는데요."

"자기가 총 몇 명을 죽였는지 생각도 안 납니까?"

"그게 요즘 기억이 가물가물해서."

그가 굼뜨게 움직이며 한 손으로 자신의 미간을 꼬집었다. 인욱은 남 일 말하듯 하는 그의 태도가 마뜩잖았지만 내색하지 않았다.

"옆 동에 거주하는 손영희 씨는 왜 죽이려고 했죠?"

"아, 그분은 죽이려던 건 아니었고, 트렁크에 있는 사람을 목격하는 바람에 일단 급히 차에 태운 겁니다. 근데 아시다시피 뒷좌석에서 도망치다가 트럭에 치여서."

"트렁크에 있었던 사람은 누구였죠?"

"치매에 걸린 할머니요. 죽은 줄 알았는데 저수지에 버리려고 보니까 아직 살아 있더라고요. 순간적으로, 돌아가신 우리 어머니 생각이 나서 그냥 다시 집에 돌려보내드렸어요. 어차피 치매가 있어서 기억도 못 하실 테니 괜찮겠다 싶었죠."

"시신을 훼손한 곳은 어디였죠?"

"전북 시골집이요. 거기서 했습니다."

그는 인욱이 묻는 말마다 단답형으로 간결하게 대답했다. 마치 정답이 정해져 있었던듯이. 인욱도 그가 이렇게까지 범죄 사실을 순순히 자백할 거라곤 예상하지 못했다.

"중학생 김지유 양은 어떻게 죽였죠?"

"누구요?"

"중학생 김지유 양 말입니다."

인욱은 늘 이 점이 궁금했다. 조폭의 집과 차에서 지유 양의 혈흔과 DNA가 나온 것을 보면 지유 양을 1차로 납치한 것은 서두원이 아니었다. 인욱은 서두원이 조폭과 그가 납치한 지유 양을 한꺼번에 처리했다고 짐작했다.

"그건 나중에 말하겠습니다."

인욱은 속으로 '그럼 그렇지. 너무 순순히 분다 했다.'라고 생각하며 입가에 조소를 머금었다. 그때 털털이가 '진범은 서두원'이라고 경찰에 불었다는 소식이 인욱의 귀에 들어왔다.

"털털이, 최대복 알죠? 털털이가 연쇄 살인범으로 당신을 지목했어요. 어떻게 생각해요?"

"네, 그게 사실이니까요. 형님은 사실을 말했을 뿐입니다."

"아직 감이 잘 안 오나 봐요? 자백에, 자백을 뒷받침하는 증언까지 나온 이상 당신은 이제 빠져나갈 길이 없어요. 최대복 씨가 받은 사형 선고가 이제 어디로 갈 것 같아요?"

"안 빠져나가요. 됐어요?"

서두원이 발끈하며 대꾸했다. 이 사람 대체 뭐 하는 사람인가. 인욱은 도무지 갈피가 잡히지 않았다. 그는 마음을 진정하며 '한 꺼풀 한 꺼풀 네 실체를 벗겨 주마.'라며 이를 악물고 다짐했다.

그때 경찰서 입구에서 소란스러운 소리가 들려왔다.

"한 번만 만나게 해 주세요. 얼굴만 볼게요. 세상에 이렇게 하는 법이 어딨어요!"

황미영과 진숙 그리고 학교에 있어야 할 딸 연수까지 경찰서 입구를 서성였다. 입구를 지키던 경찰은 아직 조사 중이어서 가족 면회는 안 된다고 단호하게 말했지만 아무래도 어린 연수를 보니 마음이 약해졌다.

"선배님, 서두원 가족이 왔어요. 지금은 만날 수 없다고 말했는데 얼굴만 보게 해 달라고 하도 사정을 하고 또 아이까지 있어서 내치기가 좀 그러네요."

"들어오시라고 해."

인욱은 잠시 고민하더니 면회를 허락했다. 그는 손목에 찬 시계를 힐끔 보더니 말했다.

"오늘은 조사 중이니까 딱 5분만 드릴게요. 가족분들은 나중에 정식으로 면회 신청해서 보세요. 아시겠죠?"

"아빠!"

"여보! 이게 대체 무슨 일이에요. 으흑흑."

이들은 서로의 어깨를 부둥켜안고 자신들만의 동굴을 만들었다. 아이는 아빠 품 안에서 서럽게도 울었다.

"자자, 이만들 하시고요. 이제 그만 돌아가세요."

정우는 인욱에게 서두원이 체포됐다는 소식을 듣고 급히 경찰서로 들어오는 길이었다. 그는 서 입구에서 떨어지지 않는 발걸음을 돌리는 이들과 딱 마주쳤다. 이들은 여전히 주체할 수 없이 흘러내리는 서로의 눈물을 연신 닦아 주고 있었다.

그때 정우의 눈에 서두원의 딸 연수가 차고 있는 목걸이가 띄었다. 정우는 그대로 굳어 버리듯 자리에 섰다. 그들은 천천히 경찰서 입구에 있는 계단을 내려가고 있었다. 분명 아이가 차고 있는 목걸이는 지수의 것이었다. 정우의 손에 끼워진 결혼반지와 정확히 같은 문양. 그가 직접 디자인한, 세상에 단 하나뿐인 바로 그 목걸이였다.

그는 잠시 휘청거리면서 사라지는 그들의 뒷모습을 바라보았다. 당장이라도 뛰어가 아이의 목에서 목걸이를 뜯어 오고 싶은 것을 간신히 참았다.

✦

"누나, 놈이 수영이를 살해했다고 자백했어요."

수진은 인욱에게 서두원이 체포됐다는 소식을 듣고 그간 참았던 눈물을 한꺼번에 쏟았다. 그녀의 입에서 상처 입은 짐승의 소리가 났다. 그녀는 자신의 가슴을 사정없이 치며 무릎을 꿇었다. 그가 잡히고 나니 더더욱 실감이 났다. 그런다 한들 동생은 돌아오지 않는다는 사실에 그녀는 동생의 두 번째 장례를 치르듯 통곡했다.

"미안해. 나 때문에…. 미안해, 수영아."

창문에 떨어지던 빛 자락이 사라지니 방은 어둠으로 가득 찼다. 몇 시간이고 방구석에 구겨져 부들부들 떨던 그녀는 감각이 사라진 다리로 땅을 짚었다. 그리고 수영이의 유품이 든 상자를 열었다. 아직도 동생의 체취가 느껴지는 티셔츠에 축축한 얼굴을 비볐다. 작은 천 쪼가리가 동생이라도 되는 양 수진은 그 옷자락을 끌어안았다.

이제 좀 안정을 차린 수진은 구겨진 동생의 옷을 하나씩 개키기 시작했다. 패션에 관심이 많았던 동생에겐 이 옷들이 보물이었다. 그녀가 생일에 선물했던 헌팅 모자, 캘빈클라인 청바지도 차곡차곡 갰다. 비싼 건 하나도 없었다. 수영은 늘 저렴한 옷을 센스 있게 매치해서 입곤 했다. 동생과의 추억을 살피며 옷을 개던 수진이 멈칫하며 옷 하나를 들었다.

'노란색 카디건? 이게 뭐지?'

수진이 이리저리 옷을 살폈다. 동생은 이상하리만치 노란색을 좋아하지 않았다. 노란색 물건은 일체 사지도, 입지도 않았다. 수진이 그 사실을 까먹고 노란 띠가 둘린 벙거지 모자를 선물했는데 기어코 그 매장에 가서 다른 색으로 교환하기까지 했었다.

노란색에 무슨 안 좋은 추억이라도 있나 내심 궁금했지만 딱히 묻진 않았다. 그런데 눈앞에 있는 이 옷은 아무리 봐도 동생의 취향이 아니었다. 노란색하며, 하늘하늘하게 휘날리는 스타일하며 모든 게 다.

'이 옷은 수영이 것이 아니야.'

수진은 손에 들고 있던 옷자락을 세게 움켜쥐고 바로 인욱에게 전화를 걸었다.

"인욱아, 많이 바쁘지? 내가 할 말이 있는데."

"뭔데요? 괜찮으니까 말해요."

"오늘 수영이 옷을 정리하다가 낯선 옷을 발견했는데 말이야. 이 옷이 수영이 옷이 아닌 것 같아. 아무래도 범인이 두고 간 게 아닐까 싶어."

"네? 왜 그렇게 생각하는데요?"

"수영이가 싫어하는 색이기도 하고, 스타일도 그렇고. 또 느낌이 싸하다고 해야 하나? 혹시라도 말이야, 범인이 경찰과 유가족을 농락하려고 자신의 옷을 옷장에 걸어 두고 간 건 아닐까? 우릴 우롱할 생각에 이죽이면서 말이야."

"누나가 동생이 가지고 있던 옷을 다 알 수도 없고, 또 집에 놀러 왔던 친구 옷일 수도 있는 거잖아요."

"그건 그렇지만."

"누나 마음은 이해하는데요. 아무런 근거 없이 범인이 두고 간 옷이라고 단정하는 건 좀 과한 생각 같아요."

"알아. 그래도 이 옷을 가져다가 검사해 보면 어때? 혹시라도 뭔가 나올 수도 있잖아."

수진의 말에 인욱은 고개를 갸웃거리며 곤란한 표정을 지었다.

✦

인욱의 잠바 안쪽 주머니에는 압수 수색 영장이 들어 있었다. 경찰 몇 명은 서두원의 아파트로 향했고, 인욱을 포함한 몇 명은 황미영의 집으로 갔다.

털털이가 진범으로 서두원을 지목했고, 서두원이 자신의 혐의를 모두 인정하면서 압수 수색 영장이 수월하게 발부되었다.

'이번엔 정말 끝장을 보는 거야.'

인욱은 자신도 모르게 턱이 욱신거릴 정도로 이를 세게 물었다. 내심 불안했던 것은 서두원이 범죄 사실 대부분을 인정하면서도 화단에 시신을 묻었냐는 물음에는 아무런 대답도 하지 않았다는 점이었다.

되레 '화단에 시신이 있다고?' 하며 되묻는 듯한 그의 의아한 표정이 내내 마음에 걸렸다. 혹시라도 그사이에 시신을 옮기거나 없앴을지도 모른다는 불안감이 피어올랐다.

황미영의 집에 도착하자마자 인욱은 바로 화단에 있는 무화과나무를 가리키며 철호에게 지시했다.

"무조건 여기가 먼저야. 여기 먼저 파!"

"정말 여기에 시신이 묻혀 있대요?"

"잔말 말고 파기나 해."

철호가 자신의 몸이 반쯤 들어갈 정도로 땅을 팠을 때, 그는 거의 실신하기 직전이었다.

"내가 같이 압색 가자고 할 때부터 눈치챘어야 했는데. 선배님! 나 삽질 시키려고 데려왔죠?"

"인마, 조심히 파라. 시신 나온다."

"아씨! 미친 살인마 새끼. 자기 집 화단에 시신을 왜 묻냐고."

온몸이 땀으로 흠뻑 젖은 철호는 삽으로 흙 한 자루를 퍼낼 때마다 구령처럼 욕설을 뱉었다. 인욱은 그의 반응에 아랑곳하지 않고 이제 남은 것은 악밖에 없다는 듯 기계처럼 땅을 팠다.

"선배님, 정말 여기 시신이 있긴 한 거예요?"

철호가 의구심 어린 표정으로 투덜거릴 때쯤 흙 속에 묻힌 30cm가량의 뼈가 보였다.

"여기요! 나왔어요! 사람 뼈!"

"동작 그만!"

인욱은 더 이상 손끝 하나 대지 말라고 소리쳤다. 그는 증거가 훼손되지 않도록 즉각 지원을 요청했다. 서울 경찰청 현장반에서 과학 수사 요원들이 장비를 가지고 도착했고, 현장 감식 후 백골 사체와 오랜 시간 땅에서 삭은 듯한 목장갑은 정밀검사와 신원 확인을 위해 국과수로 옮겨졌다.

인욱은 그제야 다리에 힘이 풀렸는지 땅에 주저앉았다. 돌덩이처럼 단단한 어깨를 안으로 굽어 말고서 한참을 멍하게 있었다. 그런 그에게 철호가 말없이 물을 건넸다. 인욱은 뚜껑을 열어 그대로 물을 자신의 얼굴에 부었다. 구정물이 얼굴을 타고 턱으로 흘러내렸다.

며칠 뒤 서두원의 아파트 경비실에서 인욱에게 전화가 걸려 왔다.

"형사님! 그 빨간색 인형 달고 다니는 자동차요. 지금 아파트 주차장에 있어요! 얼른 오세요!"

마침 근처를 지나던 인욱은 곧장 아파트로 갔고, 빨간색 애벌레가 달린 자동차에 적힌 번호로 전화를 걸었다.

연락을 받고 나온 남자는 아직 대학생 티를 벗지 못한 사회 초년생이었다. 지방에서 자취하며 직장 생활을 하고 있었고, 한두 달에 한 번씩 부모님을 뵈러 본가에 들렀다고 했다. 그는 경찰이라는 말에 지레 겁을 먹었는지 헐레벌떡 뛰어나왔다.

"용량을 제일 큰 걸로 사서 한 달 전 일이면 찍혔을 수도 있을 거 같긴 한데요."

그가 익숙하게 블랙박스에 찍힌 영상을 돌렸다.

"어? 이건가? 형사님, 이거 같은데요?"

영상 속에는 흐릿하지만 분명하게 서두원이 찍혀 있었다. 그는 무언가를 찾는 것처럼 뒷좌석을 살피다가 뒤쪽으로 와서 트렁크 문을 열었다. 옆에 있던 손영희도 화면 속에 얼핏 모습을 보이다가 다시 화면 밖으로 사라졌다.

트렁크 문이 열리고 그 안에 사람이 누워 있는 모습이 블랙박스 영상에 또렷하게 찍혀 있었다. 빨간 자동차의 주인은 영상을 확인하더니 기겁하며 벌린 입을 다물지 못했다. 영상 속에 서두원은 트렁크에 누운 채 의식을 잃은 노인을 보고 잠시 주춤했다. 프레임 밖에 있던 손영희는 쓰러지듯 땅에 주저앉으며 몸의 반쯤이 프레임 안으로 들어왔다.

서두원은 트렁크에서 전기 충격기를 꺼내 손영희에게 다가갔다. 이후 상황은 프레임 밖 모서리에서 일어나 정확히 찍히지 않았다. 잠시 후 서두원은 기절한 손영희를 뒷좌석에 싣고 자리를 떴다. 서두원이 자백한 내용 그대로였다.

진범의 등장으로 털털이의 항소심은 무기한 연기되었다. 실체적 진실을 가리기 위해선 서두원의 재판이 먼저였다. 조 변호사는 접견실에서 서두원을 기다리며 생각에 잠겼다.

"지금 내가 경찰을 부를 거예요. 경찰한테 연쇄 살인범은 내가 아닌 서두원이다. 그리고 서두원에게 직접 그의 장모 집 화단에 시신이 묻혀 있다는 이야기를 들었다고 진술하세요. 그럼 당신의 변호를 계속 맡겠습니다."

"난 서두원한테 그런 이야기를 들은 적이 없는데."

"말귀를 더럽게 못 알아듣네. 화단에서 시신이 발견되면 범인은 당신이 아니라 서두원으로 바로 특정된다는 거예요. 그래서 할 거예요, 말 거예요?"

"정말 화단에 시신이 묻혀 있소?"

"그건 알 거 없어요. 그래서… 할 거예요? 말 거예요?"

"하겠소. 경찰에 말하겠다고. 근데 조건이 있어요.

"조건이요? 또 무슨 조건?"

조 변호사는 털털이의 입에서 조건이란 말을 듣자마자 짜증이 솟구쳤지만 참고 물었다.

"당신이 서두원의 변호를 맡아 줘. 1, 2, 3심 재판이 모두 끝날 때까지 당신이 책임지고 말이지. 약속할 수 있나? 비용은 얼마가 들든지 내가 모두 낼 테니 걱정할 거 없고."

"휴우…."

조 변호사는 섣불리 대답하지 못했다. 의뢰인만 바뀌었을 뿐 결국 또 연쇄 살인범을 변호해야 하는구나 싶은 마음 때문이었다. 조 변호사도 이 사건에서 손 떼고 싶은 마음이 간절했다.

"아씨, 싫은데."

조 변이 구시렁거리자 털털이가 단호하게 말했다.

"싫어? 그럼 경찰에 말 못 하지."

"아, 알았어요. 알았다고요. 서두원 변호만 맡으면 된다는 거죠?"

"그래. 그거면 돼. 사례는 서운하지 않게 하겠다고."

털털이가 어떤 인간이든 간에 의리가 있는 놈인 것은 분명했다.

　조 변호사는 털털이의 조건에 따라 결국 정식으로 서두원의 사건을 맡게 되었다. 그때 서두원이 접견실 안으로 들어오는 모습이 보였다. 조 변호사는 고개를 까닥하며 가볍게 인사를 하고는 자리에 앉았다.

　"제가 누군지 아시죠? 우리의 인연이 이렇게 이어질지는 몰랐네요. 앞으로 제가 당신이 살인 혐의로 수사, 재판을 받을 때 변호를 맡을 겁니다. 저에겐 뭐든 솔직하게 말해 주세요. 아시겠죠?"

　"네. 고맙습니다."

　"뭐 그런 인사는 필요 없습니다. 저야 선임료 두둑하게 받고 변호를 맡은 것 뿐이니까요."

　조 변호사는 서두원과 이야기를 나누면 나눌수록 뭔가 이상한 낌새를 느꼈다. 분명 자신이 했던 일이라고 말은 하는데 디테일이 부족했다. 보통 범죄를 저지른 당사자가 자백을 할 때는 당사자가 아니고선 절대 알 수 없는, 듣기만 해도 진짜구나 싶은 디테일이 살아 있기 마련이다. 하지만 서두원은 '내가 했다는데 뭐가 더 필요해.'라는 식의 태도로 일관했고, 두루뭉술하고 성의 없이 사건을 진술했다.

　'사이코패스 쪽은 영 아닌 것 같은데.'

　조 변호사는 실수인 척 자신의 볼펜을 서두원 쪽으로 떨어트렸다. 그는 대번에 볼펜을 주워 조 변호사에게 건넸다.

사체를 훼손하는 범죄는 대부분 피해자와 원한 등의 관계로 얽혀 있는 경우가 많다. 그렇지 않고 자신과 전혀 무관한 사람을 상대로 토막 살인과 같은 범죄를 저지른다면 사이코패스일 확률이 아주 높다. 사이코패스는 보통 사람들이 갖는 공감 능력이나 죄책감이 없고, 행동 통제력이 낮다. 쾌락을 위해서 극단적이리만큼 자기중심적으로 사고하고 행동한다.

하지만 이런 반사회적 인격 장애자들은 사회에 섞여서 그 모습을 잘 감추며 살아가는데, 그 편이 본인들에게 편하기 때문이다. 정상인의 가면을 쓰고 외관상 구분하기 어려운 것이 사이코패스의 특징이기도 했다.

하지만 조 변호사의 기준에 서두원은 사이코패스가 아니었다. 사이코패스는 자기 과시가 강한 것과 달리 그는 매사에 신중하고 겸손한 태도를 유지했다. 범죄를 서술하는 태도도 소극적이었고, 마치 자신의 행동이 잘못된 행동임을 잘 아는 사람처럼 느껴졌다.

조 변호사는 서두원의 국숫집에 간 적이 있었다. 한정우가 찾아와 진범은 서두원이라고 말한 후 그에 대한 궁금증이 생겼기 때문이다. 고기 국수 4,500원. 물가에 비해 저렴한 가격이었다. 파와 계란 지단이 얇게 썰어져 있는 국수는 한눈에도 먹음직스러워 보였다. 조 변호사가 그릇을 들어 국물을 후루룩 마셨다. 천연 재료로 맛을 낸 삼삼하고 구수한 맛이 혀끝을 감돌

왔다.

'싱겁네.'

사이코패스는 웬만한 자극엔 둔감하기 때문에 음식도 맵고, 짜고, 단 음식을 좋아한다. 하지만 서두원이 만든 국수는 식당 음식치곤 굉장히 싱거운 편이었다.

그때 조 변호사에게 전화 한 통이 걸려 왔다. 국과수의 정보통에게서 온 것이었다.

"화단에서 발견된 시신 신원이 벌써 나왔어? 이야, 요즘 빠르네. 그래서 피해자는 누구야?"

서두원에게도 전화 너머의 소리가 들리긴 했지만 정확히 뭐라고 말하는지는 알 수 없었다. 조 변호사는 대화 중에도 그의 눈치를 살폈다. 자신도 궁금하다는 듯한 서두원의 눈빛을 보며 이 사람이 정말 연기를 잘하는 건지, 아니면 정말 아무것도 모르는 건지 조 변호사도 헷갈리기 시작했다.

조 변호사는 몇 마디 더 나누고 전화를 끊었다. 그러고는 착잡한 표정을 지으며 한동안 아무런 말도 하지 않았다.

"화단에 묻은 시신 말이에요. 당신이 죽였어요?"

조 변호사가 물었다. 그는 눈을 피하며 한숨만 쉴 뿐 답이 없었다.

"피해자 신원이 나왔는데 아내 분의 전남편이네요."

"뭐라고요?"

조 변호사의 말을 듣자마자 서두원은 미간을 잔뜩 찌푸리고 의자에서 반쯤 일어섰다. 평소답지 않게 흥분한 모습이었다.

"전남편이라니. 말도 안 되는 소리!"

"그게 무슨 뜻이죠? 서두원 씨는 아내 분의 전남편을 죽인 적이 없다는 말인가요?"

"우리 아내에게 전남편이 어딨어요! 저랑 처음으로 결혼했는데. 어디서 그런 말도 안 되는 소리를 합니까?"

서두원은 화단에서 시신이 발견됐다는 사실보다 아내가 이전에 결혼한 적이 있었다는 사실에 더 놀란 듯했다.

"그럼 이 사람은 서두원 씨가 안 죽인 거네요?"

"네?"

"그렇잖아요. 아내한테 전남편이 있었다는 사실조차 몰랐는데 무슨 수로 죽이죠?"

"아내가 정말 재혼인 게 확실합니까? 정말 전남편이 있었다는 거예요? 아니야. 그럴 리가 없어. 아내에게 전남편이 있었다는 건 사실이 아니에요."

서두원은 충격에 사로잡혀 여전히 헤어 나오지 못했다. 조 변호사는 혼란에 빠진 그를 관찰하며 속으로 생각했다.

'뭐야? 이 새끼 이거 범인 아니네.'

조 변호사는 접견을 마치고 곧장 정우에게 전화를 걸었다.

"네가 시키는 대로 다 했어. 털털이도 네가 말한 대로 경찰에 진술했고, 화단에서 시신도 나왔다며. 그러니까 너도 이제 약속 지켜. 그 파일 지워 주는 거지?"

그는 어찌나 마음이 급한지 속사포 랩처럼 말을 쏟아 냈다. 정작 수화기 건너 정우는 아무런 반응이 없었다.

"여보세요? 뭐야, 전화 끊은 거야? 야! 한정우!"

"듣고 있어."

"사람 말에 왜 대꾸를 안 하냐? 파일 지워 줄 거냐고!"

"나는 그런 말을 한 적이 없는 것 같은데."

정우의 냉소적인 목소리가 조 변호사의 화를 더욱 북돋웠다.

"뭐? 네가 나한테 뭘 시켰을 때는 암묵적으로 이걸 들어 주면 너도 내가 원하는 것을 해 주겠다는 전제가 깔린 거잖아. 이 새끼, 너 지금 나 가지고 노는 거야? 그래?"

"우선 지수 사건의 진실이 모두 밝혀질 때까지 이건 내가 보관하고 있을 거야. 왜, 지금 당장 경찰에 보내 줄까?"

정우의 말에 조 변호사가 분한지 몸을 부르르 떨었다.

"그걸로 평생 날 협박할 생각이라면 그만두는 게 좋을 거야. 나도 그렇게 호락호락하게 당하고만 있지 않을 거니까."

"하하하!"

그의 말이 진심으로 우스웠는지 정우가 천진난만한 웃음을 터트렸다.

"너 말이야, 지금 서두원이 범인이라고 생각하고 있지? 아니! 잘못 짚어도 한참 잘못 짚었어."

"그게 무슨 말이지?"

"흥! 네가 메모리 카드를 없애지 않으면 나도 이제 더 이상 너한테 협조할 이유가 없을 것 같은데?"

"그래? 지금 마침 경찰서에 가던 중이었는데 잘됐네. 간 김에 이것도 전달하고 와야겠어."

"아씨! 그럼 내가 뭘 어떻게 해야 없애 줄 건데! 말을 해! 속 시원하게 말을 하란 말이야!"

조 변호사는 열불이 나는지 제 자리에서 펄쩍펄쩍 뛰며 말했다.

"우선 사건의 진실이 모두 밝혀지고 나서 생각해 보겠다고 말했잖아."

"후우…."

그가 한풀 꺾인 목소리로 힘없이 한숨을 내쉬었다.

"서두원의 장모 집 화단에서 나온 시신 말이야. 서두원 아내의 전남편이라고 하더군. 나도 처음엔 서두원이 가정 폭력을 일삼는 이진숙의 전남편을 죽이고 재혼했을 수도 있다고 생각했어. 그런 케이스는 흔하니까. 그런데 말이야, 서두원은 아내가 자신과 재혼했다는 사실을 전혀 모르고 있었어. 와이프가 자기랑 처음으로 결혼한 줄 안다고. 전남편의 존재도 모르는 사람이 대체 무슨 수로 그 사람을 죽인다는 말이지? 물론 연기가 뛰어나서 변호사인 나조차도 속였을 수는 있지만, 아무튼 내 촉은 그래."

"알았으니까 끊어."

"야! 내 말 아직 안 끝났어! 내 생각에 범인은…."

경찰서에 막 도착한 정우는 조 변호사의 말이 이어지는 와중에 전화를 끊었다. 마침 인욱이 경찰서 정문에 있는 벤치에 앉아 바람을 쐬고 있었다.

"자, 받아. 수진이가 너 일주일째 집에 안 들어온다고 이것저것 챙겨 주더라고."

며칠 밤을 새운 건지 눈 밑이 거무튀튀한 인욱이 종이 가방을 받아들며 머쓱하게 웃었다. 종이 가방 안에는 속옷과 여벌 옷,

세면도구, 그리고 홍삼 음료가 들어 있었다. 그는 자판기에서 오늘만 해도 여덟 잔째인 캔 커피를 마시려다가 '이러다가 몸 상해서 범인보다 먼저 죽지.' 싶은 마음에 헛개차 버튼을 눌렀다.

"형, 화단에서 발견된 피해자 신원이 나왔는데요."

"응. 조 변호사한테 들었어."

"엥? 그래요? 나도 방금 들었는데 이 새끼는 어떻게 알았지? 국과수에 아는 사람이 있나? 아무튼 이진숙의 전남편이래요. 그리고 시신이랑 같이 나온 목장갑에서 황미영의 DNA가 나왔어요. 시신을 땅에 묻은 건 서두원이 아니라 황미영이 아닌가 싶은데."

"목장갑에서 황미영 DNA가 나왔다고?"

"네. 이전에 황미영이 딸 집에 갔다가 딸이 남편한테 폭행당하는 걸 본 적이 있었다고 했죠? 남자가 칼을 들고, 바닥에는 피가 낭자하고. 그 기억을 지우려 병원에 온 거고요."

"맞아. 그럼 황미영이 딸에게 폭행을 일삼는 사위를 죽인 걸까?"

"글쎄요. 그런 가능성도 배제할 수 없죠. 이제부터 서두원의 단독 범행으로 단정하면 안 될 것 같아요. 아! 그리고 이거."

인욱이 휴대전화를 꺼내 정우에게 노란색 카디건이 찍힌 사진을 보여 줬다.

"이게 뭐야?"

"수영이 유품에서 발견한 건데 수진이 누나 말로는 이게 동생

옷이 아니라 범인이 두고 간 옷 같대요."

"범인이?"

정우가 노란색 카디건을 자세히 들여다보자 인욱의 눈빛에 호기심이 들어앉았다.

"왜요? 어디서 본 적 있어요?"

"글쎄…."

정우는 얼핏 어디선가 봤던 것 같은 느낌에 기억을 더듬었다.

우연히 시장에서 황미영과 치매 할머니를 만났던 날, 황미영이 환자복 위에 입고 있던 옷이었다. 노란색 카디건 덕분에 시장 인파 속에서도 눈에 더 잘 띄었었지.

"이거 황미영 씨 옷인 거 같아. 이전에 본 적이 있어."

"그럼 누나 말대로 정말 범인이 두고 간 건가? 우선 황미영을 조사한 후에 머릿속을 정리해야겠어요. 치매 증상 때문에 제대로 조사가 될지 모르겠네요."

"조사는 언제쯤 해?"

"지금요. 지금 황미영 씨 조사실에 와 있거든요. 형! 저 먼저 들어가 볼게요."

형광등이 수명을 다해 가는지 간간이 회색빛을 내는 조사실 안에 황미영이 어색하게 앉아 있었다. 그녀는 주변이 영 낯선지 곳곳을 두리번거렸다.

인욱이 양손에 둥굴레차가 든 종이컵을 들고 조사실 안으로 들어왔다. 그가 의자에 앉아 무슨 말을 시작하기도 전에 황미영이 대뜸 말을 꺼냈다.

"선생님, 제가 죽였어요."

"네? 누굴 죽였는데요."

인욱은 '서두원이랑 둘이 짠 거 아니야?' 싶은 생각에 의심의 눈초리를 거두지 못하고 말했다.

"제가 남편을 죽였어요. 농약 가루를 빻아서 아주 조금씩. 한 3년 걸렸어요."

인욱은 이야기가 자신의 예상과는 다르게 흘러가고 있음을 느꼈지만 우선 그녀가 무슨 말이든 하게 두었다. 그때 황미영의 눈가에서 굵은 눈물 줄기가 흘러내렸다.

"으흐흑. 글쎄 그놈이 나도 때리고, 우리 진숙이도 때리고, 뱃속에 아이도 얼러서 죽였어요. 죽어 마땅한 놈이에요. 근데 선생님, 너무 추워서 그러는데 옷 좀 가져다 주세요."

미영이 인욱의 손을 덥석 잡았는데 꽁꽁 얼어붙은 것처럼 한기가 돌았다.

"몸이 정말 차네요. 담요 가져올게요."

그는 당직실에서 비교적 깨끗해 보이는 녹색 담요를 들고 와 그녀에게 건넸다. 황미영은 현재가 아닌 과거에 있는 것처럼 보였다. 인욱은 이야기 시점을 현재로 돌려야만 했다.

"지금 살고 계신 집 화단에서 시신이 발견됐어요. 따님의 전 남편 시신이랑 황미영 씨가 썼던 목장갑이 같이 나왔어요. 이

것도 황미영 씨가 한 거예요?"

그녀는 도통 무슨 말인지 모르겠다는 듯 고개를 갸웃거렸다.

"무슨 말을 하는 거예요? 우리 딸은 아직 애기예요. 초등학생한테 무슨 남편이 있다고. 남편은 제가 있죠. 그 사람은 내가 죽였어요. 농약을 먹여서 죽였는데 한 3년 정도 걸렸어요. 농약을 곱게 빻아서⋯."

미영은 했던 이야기를 처음부터 다시 시작했다. 인욱이 계속해서 현재 상황을 환기하려 했지만 조사엔 전혀 진전이 없었다.

'황미영이 살인을 저지르고도 기억을 못 하는 것은 아닐까. 치매라는 게 최근 기억은 지워지고 옛날 기억만 남는 거니까. 살인을 시작한 시점부터 기억을 못 하는 걸 수도 있어.'

황미영을 공범으로 놓고 생각하면 상황이 맞아떨어지는 부분이 많았다. 황미영이 20년 넘게 정육점을 했다는 사실은 그녀가 그만큼 칼을 능숙하게 쓴다는 뜻이기도 했다.

수영이 살해당하던 날, 서두원이 외출하지 않았던 것도 황미영이라는 공범이 있었다면 가능한 일이었다. 갈대숲에서 발견된 여중생의 시신 유기 방식이 달랐던 것도 시신을 유기한 사람이 두 명이었다고 상정하면 쉽게 해결될 문제였다.

인욱은 그간 일어났던 연쇄 살인의 피해자들 사진을 책상 위에 나란히 올려놓았다. 어지간한 강심장이 아니고서야 피해자의 사진들을 보면 멘탈이 조금은 흔들릴 것이라고 생각했다. 하지만 미영은 사진을 보고도 동요하지 않았다. 그러다가 어느 사진 한 장을 집어 들고는 한참 동안 바라보았다.

강에서 조폭과 함께 백골 사체로 발견된 80대 후반 노인의 생전 사진이었다.

"왜요? 아시는 분이에요?"

인욱이 조심스럽게 물었다.

"네. 우리 동네에서 문방구 하시는 분이에요."

"이 할아버지, 만난 적 있어요?"

"얼마 전에 이사 갔어요. 앞으로 아들 내외랑 같이 살기로 했다면서 문방구를 팔고 저기 지방으로 간댔어요. 잘 지내신대요?"

"아뇨, 이분은 죽었어요. 정확히는 살해당했죠. 황미영 씨가 죽였나요?"

"네? 얼마나 좋은 분이었는데. 제가 이분을 왜 죽여요. 왜 그렇게 끔찍한 말씀을 하세요?"

인욱이 피해자 조사를 하면서 알아본 바에 의하면 그 노인은 30년 전 문방구를 처분하고 아들 내외가 있는 지방으로 이사를 했다. 봉양해 줄 거라고 믿었던 그의 기대와 달리, 아들 내외는 문방구와 서울 집을 처분한 돈을 손에 넣자마자 노인과 연을 끊었다.

그는 서류상으로 생산 활동을 하는 아들이 있었던 탓에 기초 수급자도 되지 못했고, 병든 몸으로 폐지 줍는 일을 할 수밖에 없었다. 이후 이를 안타깝게 여긴 공무원이 기초 수급자 처리를 해 주었지만 수급비를 받은 지 두 달 만에 살해당했고, 시신은 훼손 후 강에 버려졌다.

그때 갑자기 미영의 눈빛이 돌변하더니 눈동자를 좌우로 돌리며 주변을 살폈다. 순간이었지만 전혀 다른 사람이 된 것 같았다.

"황미영 씨? 괜찮으세요?"

그녀는 고개를 숙인 채 곰곰이 생각에 잠겼다. 그리고 천천히 입을 열었다.

"저기 형사님, 어디서부터 말해야 할지 모르겠는데. 제가 화단에 시신을 묻었어요. 우리 진숙이를 칼로 위협하고 때리기에 제가 죽였어요. 제가 칼을 잘 써요. 잘 드는 칼 한 자루면 돼지 한 마리를 부위별로 나누고 분해하는 건 눈 깜짝이면 합니다. 하물며 사람이라고 다른가요. 어차피 사람도 짐승이나 다를 바 없는데. 첫 번째 살인은 남편이었고, 이후에는 맛이 들었는지 사람을 죽이지 않고는 버티기가 힘들었어요."

갑자기 모든 일을 술술 부는 황미영의 모습에 당황한 인욱이 차근차근 범죄 사실을 짚으려 하자 미영은 다급하게 고개를 저었다.

"형사님, 보면 아시겠지만 시간이 없어요. 제가 지금 상태가 온전치 못해요. 오락가락한다고요. 그렇게 자세히 물어봐야 제대로 답변하지 못해요. 내가 하고 싶은 말은 이게 다예요. 사람을 죽이고 잔인하게 토막 낸 것은 저라고요."

인욱은 너도나도 자신이 범인이라고 나서는 상황을 목전에 두고 헛웃음이 나왔다. 어쩐지 농락당하고 있다는 생각을 지울 수 없어 기분이 썩 좋지 않았다.

✦

정우는 인욱에게 소지품이 담긴 종이 가방을 전달하고 집으로 가는 중이었다. 셀 수도 없이 오갔을 익숙한 길에서 그는 우회전 대신 좌회전을 했다. 무심코 핸들을 왼쪽으로 틀자마자 길을 잘못 들어섰음을 알았지만 그땐 이미 늦은 뒤였다.

그는 할 수 없이 직진하며 유턴 표시를 찾았지만 아무리 가도 되돌아갈 수 있는 길은 보일 듯 보이지 않았다. 집에서 점점 멀어지는 줄 알면서도 마냥 직진을 할 수밖에 없었다.

그때 휴대전화 벨소리가 적막한 차 안에 울렸다. 저장이 되어 있지 않은 번호였지만 한눈에 봐도 익숙한 숫자 조합이었다. 기억하고 싶지 않아도 잊히지 않는, 바로 혜수의 번호였다. 무시할까 했지만 그녀가 용건 없이 전화했을 것 같진 않았다. 그는 갓길에 잠시 차를 세우고 전화를 받았다.

"여보세요."

"응, 나야."

'응, 나야.'라니. 아직도 친밀한 관계인 양 말하는 그녀의 목소리를 듣는 것 조차 매스꺼웠다.

"무슨 일인데."

정우가 단검처럼 짧고 날카롭게 물었다.

"저번엔 경황이 없어서 이 말을 못 했는데 그래도 말은 해야 할 것 같아서."

"그게 뭔데?"

"3년 전에 네가 범인한테 머리를 맞은 후 기억을 잃었다고 했 잖아. 근데 올해 초에 잠깐이지만 기억을 찾았던 적이 있었어."

"뭐라고? 내가 기억을 찾았었다고?"

"응."

"그럼 왜 다시 기억을 못 했던 건데?"

"그래서 나는 그때 네가 기억을…."

"기억을 지웠다고 생각했구나."

"그래. 그랬을 거라고 짐작했어."

"내가 기억을 찾았었다는 건 어떻게 알았어?"

"전화가 왔었어. 그리고 묻더라. 내가 지수를 두고 너랑 바 람피웠냐고. 지금 머릿속에 떠오르는 일들이 꿈이 아니라 정말 있었던 일이 맞느냐고. 그래서 난 솔직히 말했지. 우리 둘은 서 로 좋아하는 사이였다고. 며칠 후 네가 걱정돼서 병원에 찾아 갔는데 너는 전혀 기억하지 못하더라고. 그래서 네가 기억을 지웠을 수도 있다고 생각했어."

"…."

"너 괜찮아?"

"알았어. 이만 끊을게."

정우는 결국 유턴 표지판을 찾지 못하고 텅 빈 사거리에서 거칠게 핸들을 돌렸다.

사무실에 도착한 그는 컴퓨터 책상에 앉아 파일을 뒤지기 시작했다. 전에도 한 번 뒤집어엎은 적이 있었지만 혹시라도 숨겨진 파일이 있는지 꼼꼼하게 찾았다. 히든 파일, 간단한 원리지만 정작 자신이 파일을 숨겨 뒀다는 사실조차 기억하지 못한다면 찾을 길이 없었다.

보호된 운영 체제 파일 숨기기.
숨김 파일 · 폴더 및 드라이브 표시.

정우가 두 개의 항목에 체크를 하고 나니 컴퓨터 화면에 히든 파일이 선명하게 모습을 드러냈다.

[기억 삭제 데이터]
이름: 한정우
일시: 2020년 2월 9일

그는 얼마나 놀랐는지 숨이 턱 막혀 왔다. 빈 곳이었던 모니터 한편에 생성된 파일에는 분명히 '한정우'라고 이름이 적혀 있었다. 일시도 불과 몇 달 전의 일이었다.

'2월 9일이면… 지수 기일 하루 전날이잖아.'

정우는 지수의 세번째 기일에 가족과 함께 납골당에 다녀왔고, 저녁엔 인욱과 허름한 식당에서 술을 마셨다. 이후 인욱의 기억을 삭제하고 이식하는 것에 성공했고 본격적으로 범인에 대한 단서를 찾아 헤매기 시작했다.

'내가 그전에 이미 기억을 찾았었다는 거지? 근데 왜 기억을 지운 거지? 대체 무슨 기억이기에? 내가 기억해선 안 되는 일이라도 있었다는 건가?'

온갖 질문들이 우박처럼 머리 위로 쏟아졌다. 그는 자신의 손으로 지웠던 기억을 다시금 이식하기 위해 준비를 서둘렀다. 서두원의 기억을 이식할 때보다 더한 긴장감이 몰려왔다.

그는 뱃멀미라도 나는 듯 휘청거리는 몸을 벽에 기댔다. 넘실대는 파도를 꾸역꾸역 넘어가는 변변치 않은 배를 탄 기분이었다. 잠시 후 멀리서 보이는 등대의 불빛처럼 기억이 깜빡깜빡 빛을 내기 시작했다.

✦

2020년 2월 9일, 지수의 기일을 하루 앞두고 정우는 늘 그렇듯 우울감에 빠져 허덕였다. 수아를 데리러 병원에 가니 혜수와 수아가 나란히 서서 그를 기다리고 있었다. 정우가 옅은 미소를 지으며 창문을 내렸다.

"나와 있었네? 고마워."

"고맙긴. 잘 가, 수아야."

수아는 경쾌하게 뛰어올라 조수석에 탔고, 백미러 속에 혜수는 차가 주차장을 빠져나갈 때까지 그곳에 서서 손을 흔들었다. 정우는 수아를 데리고 할머니 댁으로 갔고, 함께 저녁을 먹은 후 혼자 집을 빠져나왔다.

사무실 앞 편의점에 들른 정우는 앉은 자리에서 바로 소주 한 병을 깠다. 그는 이기지도 못하는 술을 미련하게 마셨다. 오늘은 기꺼이 술에 완패당할 생각이었다. 제정신으로는 아내의 기일을 맞이할 자신이 없었으니까.

정우는 맥주 몇 캔을 사서 사무실로 향했다. 휘청거리는 걸음으로 겨우 3층 병원에 도착한 정우는 불이 꺼진 대기실을 지나다가 순간적으로 균형을 잃고 쓰러지며 소파 팔걸이에 머리를 세게 부딪쳤다.

그는 가까스로 일어나 사무실 안으로 들어갔다. 머리가 아픈 와중에도 책상 위에 놓은 가족사진에 한참 시선을 두었다. 개나리꽃을 배경으로 수아와 지수 그리고 자신이 활짝 웃고 있었다. 그런데 갑자기 머리 한쪽이 깨질 것처럼 아프더니 3년 전 사고 이후 잊었던 기억이 드문드문 떠오르기 시작했다. 기억은 사방으로 날카롭게 튀는 유리 파편처럼 머릿속에 상흔을 내면서 와장창 깨졌다.

영상이라기보단 사진처럼 아주 단편적인 이미지만 보였는데, 그중엔 자신이 혜수의 머리카락을 부드럽게 쓸어 올리며 입을 맞추는 장면도 있었다.

"말도 안 돼. 대체 이게 뭐지?"

정우는 급히 혜수에게 전화를 걸었다. 머리가 짓이겨지는 듯한 고통은 그대로였다.

"여보세요?"

"응, 정우야."

밝고 친근한 혜수의 목소리가 들렸다.

"내가 지금 이상한 기억이 나는데 말이야. 이게 정말 말도 안되거든? 근데 자꾸 머릿속에 떠올라서…."

"너 목소리가 왜 그래? 괜찮은 거야?"

"내가 지수를 두고 너랑 외도를 한 것 같은 그런 기억이 자꾸만 들어. 말도 안 되는 거 잘 아는데, 너무 실감나."

"정우야, 이제 기억이 좀 나는 거야?"

"뭐? 기억이 나다니. 그게 무슨 말이야?"

"혼란스럽겠지만 그 기억은 모두 사실이야. 우린 서로 사랑하는 사이였어."

내색하진 않았지만 그녀의 목소리에 반가움이 묻어났다.

"너 무슨 그런 말도 안 되는 말을…. 그런 말할 거면 끊어."

또 한 번 기다란 송곳이 박히는 것처럼 찌릿한 통증이 뇌리를 스쳐 지나갔다. 잊었던 기억이 드문드문 떠오르기 시작했고, 이번엔 지수가 목 놓아 우는 장면이 보였다.

"이거 놓으라고!"

지수가 애통해하며 몸부림치고 있었다. 불현듯 떠오른 그녀의 슬픈 얼굴에 정우는 가슴이 에이듯 아팠다. 그리고 시작된 몸싸움. 정우는 지수의 손목을 세게 잡고 있었고, 그녀는 그의 손을 뿌리치기 위해 있는 힘껏 팔을 휘둘렀다. 결국 힘의 균형이 틀어지면서 두 사람은 침대 옆 공간으로 큰 소리를 내며 처박혔다. 지수가 먼저 상체를 세워서 정우의 뺨을 치고, 어깨를 세게 밀었다. 그는 아랑곳하지 않고 다시 지수의 손목을 양손으로 단단히 잡았다.

정우는 상상도 하지 못했던 기억을 떠올리고 황망하게 바닥에 주저앉았다.

'내가 지수를 죽인 거야? 아니야. 그럴 리가 없어….'

정우는 눈물을 흘리며 혼이 나간 사람처럼 중얼거렸다.

'내가 지수를 죽였을 리가 없잖아. 그럼 이 기억은 대체 뭐지?'

정우는 자신이 지수를 죽였을지도 모른다는 패닉에 빠져 허우적대며 책상 위의 물건들을 모조리 쓸어 버렸다. 지진이 난 듯이 화분이 쏟아지고, 컵이 깨지고, 책장이 넘어지는 소리가 사무실 안을 채웠다.

그는 바닥에 널브러진 잔해를 아슬아슬하게 넘어 컴퓨터 책상에 앉아 기억 삭제 준비를 했다. 그렇게 그는 자신의 손으로 기억을 지웠고, 찬 바닥에 쓰러져 잠이 들었다.

이식된 기억을 모두 떠올리고 나자 암전된 극장처럼 머릿속이 고요해졌다. 정우는 놀라울 정도로 침착했다. 어쩌면 현실감이 떨어진 건지도 몰랐다.

몇 달 전, 그는 우연히 사고 후 잃었던 기억을 찾았지만 자신이 지수를 죽였을지도 모른다는 두려움에 기억을 지웠다. 술에 취해 있었고, 자신이 혜수와 외도를 했었다는 사실과 함께 지수와 격렬한 몸싸움을 했었다는 것까지 기억해 냈으니, 충분히 그런 생각을 할 만했다. 하지만 지금의 정우는 자신이 지수를 죽였을지도 모른다는 생각은 하지 않았다. 모든 것이 불분명해도 그 사실만큼은 명확하게 느껴졌다.

'그날 지수에게 선물하려던 귀걸이를 서두원이 가지고 있었고, 지수의 목걸이는 놈의 딸이 하고 있었어. 지수를 죽인 건 내가 아니야. 다만⋯.'

그는 자신이 지수와 몸싸움을 벌인 사실을 납득할 수 없었다. 죽은 지수 몸에 났던 몸싸움의 흔적이 범인이 아니라 자신과 싸우다가 생긴 것일지도 몰랐다.

'무슨 이유로 내가 지수와 몸싸움을 벌인 거지? 내가 손목을 꽉 잡아서 지수가 얼마나 아팠을까.'

정우는 가슴이 미어졌다. 지수의 눈빛에서 깊은 절망을 봤던 탓이었다. 그녀는 모든 것을 알아 버린 게 분명했다.

그는 감정을 주체하지 못하고 집을 뛰쳐나왔다. 시동을 켜고, 비가 추적추적 오는 도로를 달렸다.

그때 머릿속에 익숙한 기억이 비집고 들어왔다. 황미영의 집 화단, 무화과나무 옆에서 누군가 미친 듯이 땅을 파는 모습. 이전에 봤던 기억이었다.

정우는 그길로 차를 돌려 황미영의 집으로 출발했다. 그는 폴리스 라인이 쳐진 황미영의 집 화단으로 조심스럽게 들어갔다. 그때쯤 기억 속 누군가가 구덩이에 포대로 말았던 시신을 굴려 넣고 있었다.

비가 거센 바람에 모로 떨어지는 밤이었다. 빗줄기는 더 굵어졌고 창문 틈 사이로 바람이 새 나가는 소리가 스산하게 들렸다. 정우는 자신이 이전에 파려고 했던 자리에 있는 깊은 구덩이를 바라보았다. 그가 팠던 것보다 30cm가량이 더 깊었다.

기억 속 인물과 같은 곳에 서 있다 보니 정우는 현실과 기억이 혼동되는 지경에 이르렀다. 마치 자신이 검은 우비와 장화를 신고 시신을 묻는, 기억 속의 사람이 된 것 같았다.

－우르르 쾅쾅.

천둥 번개가 번쩍하면서 2~3초 동안 구덩이 아래를 비췄다. 순서없이 뒤죽박죽된 사람의 신체 사이로 머리카락이 곱슬곱슬한 젊은 남자의 옆모습이 보였다.

'저 사람이 전남편이란 사람이구나.'

이제 구덩이에 흙을 모두 담고 삽으로 땅 위를 탁탁 치면서 다지기를 시작했다.

　–탁탁. 탁탁탁탁. 탁탁. 탁탁탁탁.

　일을 모두 마칠 때쯤 비가 잦아들었다. 그는 우비에 달린 모
자를 한 손으로 벗고, 신발장에서 장화를 벗었다. 그리고 바로
앞에 놓인 거울을 바라보았다. 마치 거울 속에 누군가의 시선
을 먼저 느낀 사람처럼.

　거울에 피곤하면서도 개운해 보이는 사람의 낯이 비쳤다. 이
게 가능한 일인지는 모르겠지만 그는 아무 표정도 짓고 있지
않았다. 황망해 보이기도, 따분해 보이기도 한 얼굴이었다. 황
미영은 거울을 보며 얼굴에 튄 흙을 툭툭 털어 냈다. 그리고 아
주 찰나였지만 입꼬리를 올려 미소를 지어 보였다.

　전남편을 화단에 묻은 것은 서두원이 아니라 황미영이었다.

　'그렇다면 역시 서두원, 황미영은 공범인 걸까.'

　생각에 잠겨 있는데 문자 메시지가 도착했다. 지수와 그룹 상
담을 같이 했던 해숙의 문자였다.

[정우씨. 지난번에 해준 씨가 연락처 알려 달라고 해서 알려 줬어요. 먼
저 양해를 구했어야 했던 게 아닌가 싶은 생각이 뒤늦게 나더라고요. 미
안해요. 그리고 이전에 보내 주겠다고 했던 지수 씨 사진 보내요. 그룹
상담 마치고 처음으로 다 같이 카페에 갔던 날 찍은 사진이에요.]

지수는 사진의 한가운데 의자에 앉아 입술을 꾹 다물고 가벼운 미소를 짓고 있었다. 그녀의 옆에는 박해숙이 한 손에 커피를 들고 웃고 있었고, 조 변호사의 블랙박스 메모리 카드를 건네줬던 이해준은 그 뒤편으로 서서 어색한 표정을 짓고 있었다. 그런데 맨 왼쪽에 서 있는 여자, 어쩐지 낯이 익었다. 갈색으로 밝게 염색한 단발머리를 한 여자였다.

스타일은 지금과 많이 달랐지만 분명히 그녀가 맞았다. 정우는 바로 해숙에게 전화를 걸었다.

"방금 보내 주신 사진이요. 거기 맨 왼쪽에 서 있는 여자가 누구죠?"

"맨 왼쪽엔 김연희 씨네요. 지수 씨랑도 친했는데. 근데 그건 왜요?"

정우는 손에 힘이 풀렸는지 귀에 대고 있던 휴대전화를 풀썩하고 내렸다. 그는 상담 센터 원장이 줬던 쪽지를 떠올렸다.

김연희 010-2130-1xx9
박해숙 010-60xx-5901
최영해 010-3994-xx39
이해준 010-xx94-9384

맨 윗줄에 있던 김연희.
아니, 그녀는 김연희가 아니었다.
환청처럼 귓가에 황미영의 목소리가 들려왔다.

"우리 딸 이름은 진숙이야. 나아갈 진(進)에 맑을 숙(淑). 뜻이 곱잖아. 근데 우리 딸은 자기 이름이 촌스러워서 너무 싫대."

14
진숙

사진 속의 인물은 분명 황미영의 딸이자 서두원의 아내인 이진
숙이었다. 사진 속 그녀의 분위기는 뭐랄까 지금보다 까무잡잡
한 피부에 발랄한 분위기를 풍겼다. 최근 본 이진숙은 살갑고
친절하면서도 조용하고 차분한 이미지였다면, 사진 속의 인물
은 훨씬 어려 보이고 생기가 넘쳤다.

'이진숙이 김연희라는 이름으로 지수 근처에 있었던 거야?'

정우는 그간 찾아 헤매던 범인과 지수와의 연결 고리를 찾았
다. 진숙은 지수와 그룹 상담을 했다. 해숙이 친했다고 표현할
정도면 둘이서 시간을 보냈을 가능성도 있었다. 그 말인즉슨
지수가 진숙을 집에 초대했을 수도 있다는 말이었다. 지수는
집에 사람들을 불러 음식과 차를 대접하길 좋아했다.

그는 뭐에 홀린 듯이 사무실로 발걸음을 재촉했다. 도착하자마자 컴퓨터를 켜고 보기 시작한 것은 사건 당일 CCTV 영상이었다. 정우는 주로 보던 로비 CCTV가 아닌 엘리베이터 CCTV 영상을 먼저 확인했다.

시간이 얼마 지나지 않아 영상을 확인하던 정우의 동공이 좌우로 세차게 흔들렸다. 오후 3시경 엘리베이터를 타는 이진숙이 영상에 버젓이 찍혀 있었다. 그녀는 사진에서 봤던 것처럼 짧은 갈색 단발머리에 무릎까지 오는 베이지색 니트 원피스를 입고 있었다. 그녀는 한 손으로 딸의 손을 잡고, 다른 한 손으론 케이크 상자를 들고 있었다.

그 옆엔 정우의 윗집에 사는 여자와 그녀의 쌍둥이 아들이 타고 있었다. 윗집 여자는 남편과 이혼하고, 수아와 동갑인 쌍둥이 아들을 혼자 키우고 있었다. 그들은 이른 시간부터 놀이공원에 다녀왔는지 헬륨 가스가 채워진 너구리 모양 풍선을 하나씩 손목에 걸고 있었다. 쌍둥이 아들은 볼링공만 한 솜사탕을 들고, 진숙의 딸은 다 녹아 가는 아이스크림을 핥고 있었다.

이진숙은 아이가 입고 있던 분홍색 원피스에 아이스크림을 흘리자 쪼그려 앉아서 닦아 주는 데 여념이 없었다. 금세 엘리베이터는 20층에 도착했고, 그들은 다 같이 우르르 엘리베이터에서 내렸다.

그는 황미영을 보러 요양 병원에 갔다가 처음으로 진숙을 마주쳤던 날을 떠올렸다.

✦

　미영과 대화를 나눈 지 얼마 되지 않아 젊은 여자가 찾아왔다. 미영이 종종 말했던 딸이었다. 큰 눈을 위로 뜨니 옅은 쌍꺼풀 라인이 생기는 게 미영과 많이 닮아 있었다. 키는 161cm 정도로 크지 않고, 체구도 아담했다.

　"엄마!"

　"어? 우리 딸 왔네."

　"누구세요?"

　"아, 저는 여기 입원해 계신 저희 할머니 뵈러 왔다가… 그냥 이야기를 좀 나누고 있었어요."

　자신을 뭐라고 소개해야 할지 난감했던 정우가 대충 둘러대며 말했다. 미영은 딸이 왔으니 어서 가라며 손을 휘휘 저으면서 그를 쫓아냈다.

　"엄마, 왜 그래. 이거 제가 직접 만든 건데."

　그녀가 노란색 카디건 위로 메고 있던 에코백에서 작은 병을 꺼내어 정우에게 건넸다.

　"제가 직접 만든 무화과 잼이에요. 엄마랑 말벗해 주셔서 고맙습니다."

　"괜찮은데…. 고맙습니다."

　정우는 도망치듯 둘에게서 멀어졌다.

당시에 그녀는 머리가 차분히 어깨에 올 정도로 긴 편이었고, 염색을 하지 않은 검은색 머리였다. 그리고 3년 전 사진에서 볼 때보다 피부 톤이 훨씬 밝았다. 얼핏 봐선 한눈에 알아보기 쉽지 않을 정도로 이미지가 달랐다. 하지만 분명한 것은 김연희과 이진숙이 한 사람이라는 사실이었다.

"자기 이름이 촌스러워서 싫어한다더니 가명을 쓰며 살았던 거였어? 당신 정체가 뭐야…."

정우는 컴퓨터 화면 속에 이진숙을 쏘아보며 말했다. 그리고 복잡한 머릿속을 정리하기 시작했다.

'사건 당일, 우리 집 바로 윗집에 이진숙이 왔었어. 그렇다면 사건 시간에 비상 계단을 이용해서 얼마든지 카메라에 찍히지 않고 우리 집에 왔다가 사라질 수 있었겠지. 또 도어락 파손 흔적 없이 집에 침입한 것도 이해가 돼. 아는 사람이니까 지수가 직접 문을 열어 줬을 수도 있고, 이전에 집에 방문한 적이 있었다면 지수가 도어락 비밀번호를 누를 때 옆에서 봐 두었을 수도 있어.'

지수는 안면만 트고 나면 사람을 잘 믿어서 간혹 정우의 기준에 부주의해 보이는 행동을 하기도 했다. 그는 진숙이 다시 엘리베이터 CCTV에 찍힌 영상을 찾았다.

사건 다음 날 오전 11시, 진숙은 윗집 여자와 아이들과 함께 집에서 나왔다. 완벽한 알리바이였다. 아이를 데리고 친구 엄마네 집에 놀러 가서 하루 자고 그다음 날 나왔으니. 집에선 윗집 여자와 아이들과 내내 함께 있었다고 하면 알리바이를 증명할 필요도 없었을 것이다. 만약 집 안에 있던 사람들 몰래 진숙이 잠시 나와서 범행을 저질렀다면 모든 게 맞아떨어졌다.

'지수를 죽인 건 이진숙이야.'

그녀가 용의선상에서 벗어날 수 있었던 것은 완벽한 알리바이뿐만 아니라 '작은 체구에 아이를 데리고 온 엄마'라는, 범죄와는 전혀 어울리지 않는 몽타주 덕분이었다.

온몸에 소름이 돋았다. 정우의 눈동자에 붉은 핏발이 섰다. 그 붉은 시선의 끝엔 한 손으로 아이를 안은 채 웃고 있는 진숙이 있었다.

그때 누군가 병원으로 들어오는 소리가 들렸다. 수진과 인욱은 어느 순간부터 늘 한 세트처럼 함께 움직였다. 인욱의 손엔 수진의 가방과 도넛 한 상자가 들려 있었다.

"형! 이번에 압색하면서 황미영이랑 이진숙 DNA도 추출했거든요. 근데 시골집에서 발견된 신원 미상 혈흔 중에 하나가 이진숙 것으로 나왔어요."

마음이 급했던지 인욱이 사무실에 들어오자마자 대뜸 본론부터 말했다.

"이진숙? 역시…."

"역시라뇨? 그게 무슨 말이에요. 형이 놀랄 줄 알았는데 뭐 알고 있었어요?"

수진이 도넛 상자를 열며 정우에게 권했지만 그는 괜찮다며 고개를 저었다. 그리고 두 사람에게 방금 본 엘리베이터 CCTV 영상을 틀어 주었다. 인욱은 영상 속에 태연하게 등장하는 진숙을 보고 입을 다물지 못했고, 수진은 숨을 크게 들이마시며 양손으로 입을 틀어막았다.

"…."

인욱은 말 그대로 할 말을 잃어버린 듯 영상에서 눈을 떼지 못했다.

"사건 당일에 오피스텔에 출입했던 유일한 외부인이 택배 기사 3명이랑 부모님 집에 방문한 아들 내외 그리고 여성 1명이었거든요. 기억이 나요. 무슨 산후 조리원 동기라면서 아이랑 같이 집에 놀러 와서 그날 하룻밤 자고 갔다고."

"맞아. 정확해. 그다음 날 오전 11시경에 나가는 게 찍혔거든."

"그럼 이진숙이 지수를 죽인 거야?"

수진이 묻자 정우는 무겁게 고개를 끄덕였다.

"그런 것 같아."

인욱이 반쯤 베어 먹었던 도넛을 다시 상자에 넣으며 말했다.

"대체 이들 정체가 뭘까요? 다만 지금은 황미영이 자백을 해도 소용이 없어요. 모든 증거가 서두원을 가리키고 있거든요. 이전에 털털이가 그랬던 것처럼요. 사건도 이미 기소의견으로 검찰에 송치됐고요. 아! 이전에 형이 말했던 노에서 서두원 혈흔이 나왔어요."

"그거 이전에 아무것도 안 나왔다고 했잖아. 시간이 오래 지나서 강물에 씻겨 갔을 거라고."

"처음 검사할 땐 아무것도 안 나왔어요. 근데 대검 과학 수사 우수 사례를 참고해서 다시 검사를 의뢰했거든요. 이전 사건에서 살인 도구로 보이는 망치에서 용의자 DNA가 나오지 않았는데 망치에서 쇠랑 나무를 모두 분해하고 아주 잘게 쪼개서 검사를 진행했더니 이음새 부분에서 극소량의 혈흔이 나온 적이 있었어요. 그 사례를 적용해서 검사했더니 정말 서두원의 혈흔이 나온 거예요."

"그랬구나."

"공범이라는 증거가 없으면 검찰도 황미영을 기소하지 못할 거예요. 지금으로썬 아무 증거도 없거든요. 그저 자백뿐이죠. 근데 황미영은 치매 증상까지 있으니 더더욱 신빙성이 떨어져요."

"시신이랑 같이 황미영이 쓰던 목장갑이 나왔잖아."

"글쎄요. 지휘부는 그것만으로 시신을 유기했다고 입증하긴 어렵다고 판단하는 것 같아요. 화단에 굴러다니는 목장갑을 서두원이 꼈을 수도 있는 거니까."

잠시 세 사람 사이에 정적이 흘렀다. 각자 머릿속으로 생각을 정리하는 중이었다.

"아, 그리고 이진숙 말인데 이전에 요양 병원에서 마주쳤을 때 노란색 카디건 비슷한 것을 입고 있었던 거 같아. 그날 나한테 자기가 직접 만든 무화과 잼을 줬거든."

정우가 사무실 구석에 놓인 작은 냉장고에서 잼이 담긴 작은 병을 꺼내 보이며 말했다. 정우도 냉장고에 둔 후 새까맣게 잊고 있었다.

"전남편을 거름 삼아 자란 무화과로 잼을 만들어 먹었다고? 진짜 제정신이 아니다, 정말…."

수진이 속이 메스껍다는 표정으로 진저리를 쳤다.

"이진숙이 전남편 시신이 화단에 묻혀 있다는걸 몰랐을까?"

정우도 진숙이 몰랐을 거라고 생각하진 않았지만 사실을 보다 확실하게 해 두기 위해 물었다.

"장담할 수는 없지만 엄마가 시신을 묻었는데 몰랐다는 게 말이 될까요? 그것도 자기 남편을 말이에요."

인욱이 무화과 잼이 담긴 병을 보고는 넌더리를 치며 쓰레기통에 처넣었다.

"잠시만! 이진숙도 노란색 카디건을 입고 있었다고 했지?"

수진이 뭔가 떠올랐는지 급히 물었다.

"응. 황미영이 입었던 거랑 비슷한 것 같아. 엉덩이까지 오는 긴 기장에 하늘하늘하게 휘날리는 노란색 카디건."

"정리하면, 모녀 관계인 황미영과 이진숙은 둘이 같은 옷을 입었어. 네가 황미영이 노란색 카디건을 입고 있는 것을 본 건 수영이가 죽은 뒤 한참 후의 일이야. 그런데 이진숙이 입고 있던 것을 본 건….”

“수영이가 죽기 전이지. 맞아, 그럼 그 옷은 황미영이 아니라 이진숙 거네.”

“그럼 우리 수영이도 이진숙이 죽인 거야?”

세 사람은 넋이 나간 채로 서로를 번갈아 바라보았다.

✦

사건은 기소 의견으로 검찰에 송치되었고, 조 변호사는 검찰 조사가 시작되기 전에 털털이를 만나기 위해 변호인 접견실에서 그를 기다리고 있었다.

털털이가 의아한 표정으로 접견실로 들어왔다. 이제껏 조 변호사는 자신이 부르기 전에 먼저 제 발로 찾아온 적이 없었다. 그는 조 변호사와 눈을 마주치자 능글맞은 미소를 지으며 팔짱을 꼈다.

“무슨 일이요?”

“교도소 밥이 좋나 봐요? 어째 더 건강해진 것 같네.”

조 변호사가 안부 인사를 핑계 삼아 비아냥댔다.

“내가 좀 적응력이 좋아. 아무튼, 왜 온 거야?”

“….”

털털이는 평소답지 않게 망설이는 조 변호사의 눈치를 살피더니 이죽거렸다.

"나한테 왜 서두원 변호를 맡으라고 한 거죠?"

"왜 그게 궁금하지?"

"대답이나 해요."

"역시 뭔가를 알아챈 모양이구먼."

"어째서 서두원 변호를 맡긴 거냐고 묻잖아요."

조 변호사는 매섭게 변한 눈빛으로 물었다.

"당신은 약삭빠르고, 비열하고, 제 속 챙기는 것밖에 모르는 이기적인 사람이지."

그 말을 들은 조 변호사가 '그래서 뭘 어쩌라고.' 하며 아니꼬운 표정을 지었다.

"동시에 당신은 아주 똑똑하거든. 당신이라면 알아챌 줄 알았어."

"그 말은 역시 서두원은 범인이 아니라는 말이군요."

"빙고."

"그럼 범인이 누구죠?"

어지간해선 긴장하는 편이 아닌 조 변호사도 침을 꼴깍 삼켰다. 두 사람 사이에 긴장이 고조된 정적이 몇 초간 흘렀다. 털털이는 시선을 어디에 둔 것인지 모를 초점 없는 눈을 하고 있었다. 그는 이전에 서두원이 자신의 면회를 왔을 때, '일이 잘 안 풀리면 이혼하라.'고 했던 것을 떠올렸다.

"범인이 누구냐니까요! 왜 이렇게 뜸을 들여요."

"나도 정확히는 몰라."

"뭐라고요? 다 아는 것처럼 분위기 잡아 놓고 이제 와서 모른다니."

조 변호사는 털털이의 눈치를 살폈다. 그가 정말 모르는 건지, 자신에게 사실을 털어놓을 수 없는 건지 갈피가 잡히지 않았다.

"녀석이 대놓고 말해 준 적은 없었어. 그냥 내가 짐작을 할 뿐이었지."

"그니까 그 짐작이 누군데요? 네? 황미영? 이진숙? 제3의 인물?"

"글쎄, 내가 말했듯이 나도 확실한 건 아니니까 섣불리 말하는 게 좀 그래. 뭐냐, 그 수사를 하는 데 선입견을 줄 수도 있고."

"수사? 어이없네. 내가 경찰인가, 무슨 수사를 해."

"아무튼 범인이 누군지 알아내는 것은 내가 아니라 당신 몫이라는 거지."

"나는요. 경찰도 검사도 아니고 진범이 누구든 관심 없어요."

"하지만 서두원이 혐의를 벗으려면 진범을 찾는 수밖에 없잖아?"

"그니까 이러고 당신이랑 시간 낭비를 하고 있잖아요. 힌트라도 좀 줘요. 오랜 시간 알고 지냈으니까 당신 짐작이 맞을 확률이 높다고!"

"아! 몰라! 나도 생각을 좀 정리해야겠어. 나 역시 좀 헷갈리거든."

"계세요?"

정우가 고개를 쭉 내밀고 어슬렁거리자 집 안에서 얼른 사람이 뛰어나왔다.

"누구세요? 어? 형사님?"

"아, 전⋯ 형사는 아니고요. 그때 형사랑 같이 왔던 사람이에요. 시장에서도 우연히 한 번 뵀었는데."

"아! 기억나요. 어쩐 일로 오셨어요?"

"뭐 좀 여쭙고 싶은 게 있어요. 드릴 말씀도 있고요."

정우는 황미영과 이진숙, 두 모녀에 대해 알아보기 위해 치매 할머니가 사는 아들 집에 찾아갔다. 한 시장 골목에서 오래 장사를 했으니 두 사람에 대해 뭔가 알지도 모른다는 생각때문이었다.

떡집 장사를 하셨던 할머니는 방에서 잠시 눈을 붙이고 있었고, 아들이 손님을 맞으며 정우에게 시원한 매실차를 내왔다.

"하실 말씀이라는 게 뭔가요?"

아들이 살짝 긴장하며 물었다.

"그때 어머님을 집에 데려다줬던 사람이요. 그 사람 지금 연쇄 살인 혐의로 조사를 받고 있어요. 교도소에 수감 중이고요."

"네? 그 사람이 살인을 했다고요? 세상에⋯ 그럴 사람 같진 않았는데. 그럼 그 사람이 왜 우리 어머니를 집까지 모셔다 준 거죠?"

"막상 죽이려니까 자신의 엄마가 떠올랐다고 진술했어요. 어머님이 치매가 있으시니까 돌려보내도 괜찮을 거로 생각했겠죠."

"그럼 애초에 우리 어머니를 데려간 게 그 사람이에요? 주, 죽이려고?"

"네, 처음엔 죽이려고 납치해서 트렁크에 싣고 다녔어요."

"소름 끼치네요. 우리 어머니가 정말 큰일을 당할 뻔한 거잖아요."

방금 들은 이야기가 믿기지 않는지 남자는 한숨을 쉬었다가 숨을 크게 들이마셨다가, 앉았다가 일어나기를 반복하며 안절부절하지 못했다.

"그리고 또 묻고 싶은 게 있어요."

남자는 정우의 눈을 바라보며 고개만 끄덕였다. 여전히 충격에서 벗어나지 못한 듯한 모습이었다.

"이전에 시장에서 만났을 때 정육점 앞에 환자복 입고 서 있던 분 기억나요? 황미영 씨라고, 30년 전에 바로 그 자리에서 정육점을 했었어요. 어머님도 그 골목에서 떡집을 했었다고 하셨잖아요."

"기억나요, 그분."

"어떤 분이었나요?"

"글쎄요. 그분을 보면 어린 마음에도 좀 안 됐다는 생각이 들었던 것 같아요."

"안 됐다는 생각?"

"남편이 덩치도 크고 성격도 무뚝뚝하고, 굉장히 위압적인 사람이었어요. 아줌마는 진짜 남편한테 꼼짝도 못 하고 살았던 것 같은데. 부부 사이라기보단, 뭐랄까… 좀…."

그는 심한 말이라는 생각에 차마 문장을 마무리 짓지 못했다. 정우는 시장 사람들도 황미영이 남편에게 학대당하는 낌새를 느꼈을 거라는 생각이 들었다.

"그래서인지 늘 건강이 안 좋아 보였어요."

"어머님이랑 황미영 씨 사이는 어땠나요?"

"그렇게 막 친하고, 교류가 있었던 사이는 아니었던 것 같아요."

정우는 머릿속으로 두 사람이 머리끄덩이를 잡고 싸웠던 기억을 떠올리며 그 일에 관해 물어볼 타이밍을 재고 있었다. 그때 남자는 갑자기 뭔가 떠올랐는지 미동도 하지 않고 생각에 잠겼다.

"어? 그때 제가 정육점 아줌마 딸을 때린 적이 있었어요. 발차기를 했나? 그래서 쌍코피 나고 그랬어요. 지금 생각해 보면 제가 철이 없었네요. 내가 왜 그랬지?"

남자 역시 그 기억이 인상 깊었는지 여전히 잊지 않고 있는 듯했다.

"우리 엄마가 젊었을 때 성격이 좀 드셌어요. 제 위로 누나

둘에 형 둘, 늦둥이인 저까지 다섯을 혼자 키우셨거든요. 우리 어머니도 어쩔 수 없었겠죠. 지금 우리 어머니 봐요. 다른 사람들은 치매 때문에 사람이 변했다고 하는데 저는 그렇게 생각 안 해요. 이제야 어머니가 원래 자기 모습대로 사는 게 아닌가 하는 생각을 해요."

남자는 대화 주제를 많이 벗어난 사실을 알고 다시 화제를 돌렸다.

"아무튼 엄마는 시장 골목에서 목소리도 가장 크고, 대장 노릇을 했어요. 정육점 아줌마는… 이유는 모르겠는데 엄마에게 밉보이는 바람에 별로 사이가 좋진 않았던 것 같고요. 그런데 갑자기 그분 이야기는 왜 물어보는 거예요?"

"어머님을 데려갔던 놈이요. 그 사람 이름이 서두원인데, 그 사람의 장모가 황미영 씨예요."

"뭐요? 장모? 그럼 그놈이 정육점 아줌마의 사위라는 말씀이세요?"

"네, 그렇죠."

"그럼 옛날의 좋지 않은 인연 때문에 정육점 아줌마가 우리 엄마를 죽이려 한 걸까요?"

"아뇨. 그렇게 속단할 수는 없어요. 그저 저는 모든 가능성을 열어 두고, 가능한 상황과 관계를 세세하게 알고 싶은 것뿐이에요."

"정말 혼란스럽네요."

남자가 지끈거리는 이마에 커다랗고 넓적한 손을 가져다 댔다.

"근데 황미영 씨 딸은 왜 때린 거예요? 이진숙 씨요."

"이제 기억나요, 진숙이. 평소에는 참 조용하고 내성적인 아이였어요. 예쁘장하고요. 그런데 어느 날 걔가 저를 찾아왔어요. 먼저 말 거는 법이 없는 애였는데 별안간 저한테 그런 말을 하더라고요."

"야!"

어린 진숙이 시장 골목에서 혼자 축구공을 가지고 노는 떡집 아들을 불렀다. 아이는 진숙이 말 거는 것을 알면서도 계속해서 벽에 대고 공을 찼다. 벽에 퉁겨진 공을 아이가 멋을 부리며 가슴으로 받았다.

"야!"

진숙은 다시 한번 떡집 아들을 불렀다. 그때 세기 조절을 못하고 뻥 찬 공이 벽에 퉁겨서 진숙의 옆으로 휙 날아갔다. 그제야 떡집 아들은 바로 서서 진숙을 바라봤다.

"왜?"

진숙은 매일 입고 다니다시피 한 멜빵 청치마에 노란색 티셔츠를 입고 있었고, 낡았지만 깨끗이 빤 흰색 운동화를 신고 있었다. 빨간 고무줄로 머리를 한데 묶은 모습이 단정하고 야무지게 보였다.

"오빠라고 불러. 내가 너보다 3살이나 많아."

떡집 아들이 말을 하는 도중에 진숙이 손에 쥐고 있던 무언가를 그의 발 앞으로 툭 던졌다.

"이게 뭐야?"

아이는 주먹만 한 무언가가 부들부들 떨며 움직이는 모습을 자세히 바라보았다.

"으악!"

아이는 외마디 비명을 지르며 한 걸음 크게 뒤로 물러났다. 거의 넘어질 뻔했지만 다행히 돌벽을 짚었다.

진숙이 그의 발밑에 던진 것은 죽은 새였다. 정확히는 죽어 가는 새. 새의 피와 내장과 심장이 열린 가슴 사이로 흘러내렸다.

"야! 너 뭐, 뭐 하는 거야!"

떡집 아들은 겁을 먹고 말을 더듬거렸다. 그제야 남자 아이가 자신에게 집중한다는 느낌이 들었는지 진숙이 만족해하며 입을 뗐다.

"내가 커서 어른이 되면 말이야. 내가 어른이 되면 너희 엄마 이렇게 죽일 거야."

"뭐?"

"나중에 내가 너희 엄마 죽일 거라고."

"이씨! 너야말로 죽을래?"

마침 하얀 태권도 도복을 입고 있던 아이는 사범님에게 칭찬 깨나 받을 듯한 자세로 진숙을 향해 발차기를 했다. 그의 발에 진숙은 코뼈를 정통으로 맞았다. 때린 발목이 시큰할 정도였으니 진숙의 코는 오죽했을까.

"이거 미친년 아니야?"

진숙이 자신의 코를 움켜쥐었다. 한쪽 콧구멍에서 피가 흘러내렸고, 머지않아 다른 쪽 콧구멍에서도 주르륵 피가 쏟아졌다.

예전 이야기를 하던 남자가 멋쩍게 웃었다.

"우리 엄마가 자기 엄마를 괴롭힌다고 생각했었나 봐요. 그래도 그렇지 걔도 말이 좀 심했죠. 엉뚱한 데가 있었던 것 같기도 하고."

정우는 그의 말을 들으며 조용히 생각에 잠겼다. 황미영의 기억에서 본 사건의 전말이 이러했군, 하는 생각이었다.

"더 하실 이야기 있으면 저녁을 먹으면서 하면 어떨까요? 선생님, 저녁 드시고 가세요."

그가 말을 끝내자마자 자리에서 일어나 저녁 준비를 위해 부엌으로 향했다.

"아뇨, 괜찮습니다. 전 먼저 가볼게요."

정우가 민망해하며 자리에서 일어섰다.

"아까 찌개도 끓여 났고 숟가락만 놓으면 돼요. 제가 여러모로 감사하기도 하고, 식사라도 꼭 같이하고 가셨으면 해요."

간곡한 그의 눈을 외면하지 못하고 정우가 다시금 자리에 앉았다.

얼마 지나지 않아 부엌에서 알이 가득 찬 꽃게를 아낌없이 넣

고, 된장과 고춧가루로 맛을 낸 게 찌개 냄새가 풍겼다. 남자는
마지막으로 청양고추를 송송 썰어서 바글바글 끓고 있는 냄비
안에 넣었다.

"선생님! 조금만 기다리세요. 지금 파전도 하나 부치려고 하
거든요."

정우는 후각이 강렬하게 자극된 탓인지 그가 하는 말이 점점
들리지 않고 멀어지고 있다는 느낌을 받았다. 익숙한 냄새가
어떤 기억을 불러온 게 틀림없었다.

✦

기억 속의 황미영은 콧노래를 흥얼거리며 부엌에서 부지런을
떨고 있었다. 게 찌개가 큰 냄비 안에서 끓고 있었고, 옆엔 슬
라이스된 아몬드가 들어간 멸치볶음과 취나물, 마늘종 무침 등
몇 가지 반찬이 나란히 놓여 있었다.

미영은 냄비와 반찬통을 커다란 보자기에 단단히 쌌다. 행여
나 냄비가 기울어져 국물을 쏟을까 보자기 묶는 것에 정성을
쏟았다.

정우는 문득 그녀가 처음 병원에 와서 들려준 이야기를 떠올
렸다. 딸네 집에 연락도 없이 음식을 해서 갔던 적이 있었다고
했지. 그날의 기억인 건가? 정우는 다시금 머릿속에 떠오르는
기억에 집중했다.

무거운 짐 보따리를 낑낑 들며 그녀는 겨우 택시에 올라탔다. 딸네 집으로 향하면서 진숙에게 전화를 걸었지만 받지 않았다.

"집에 없나? 아직 저녁 시간 전인데, 뭐… 없으면 어쩔 수 없지."

그녀는 집 앞에서 다시금 딸에게 전화를 걸었지만 역시 받지 않았다. 집엔 아무도 없는 게 분명했다.

"같이 밥이나 먹으려고 했더니, 그냥 이것만 두고 와야겠다."

그녀는 아쉬운 마음에 작게 중얼거리며 엘리베이터를 탔다. 냄비는 여전히 뜨거운 열기를 보자기 위로 내뿜고 있었다.

－띠띠띠띠띠.

당연히 집엔 아무도 없을 거라는 생각에 미영은 초인종을 누르지 않고 도어락 비밀번호를 눌렀다. 문이 열리고 신발장에서 거실이 바로 보이진 않았지만, 집 안에서 사람의 인기척이 들렸다. 미영은 반가운 마음에 목소리 톤을 높여 말했다.

"어? 집에 있었어? 전화해도 안 받기에 나는 집에 없는 줄 알았네. 내가 너 좋아하는 게 찌개랑 반찬을 좀 해 왔는데…."

그녀가 쉴 새 없이 말하며 복도를 따라 거실로 갔다. 순간 그녀는 들고 있던 보자기를 떨어트리고 말았다. 게 찌개의 뜨거운 국물이 흘러내리며 보자기를 모두 적셨다.

거실엔 커다란 김장 비닐이 깔려 있었고, 비닐 사이사이마다 박스테이프로 꼼꼼하게 테이핑이 되어 있었다. 비닐 위를 부유하는 엄청난 양의 피가 형광등 빛을 받아 반짝거리며 꿀렁였다.

그 가운데엔 미영에게 늘 바보처럼 실실 웃으며 살갑게 굴던 사위가 누워 있었다. 진숙은 정육점에서 쓰던 고무로 된 앞치마를 입고, 한 손에는 커다란 칼을 든 채 부엌에서 뛰어나왔다. 그리고 그녀를 보더니 환하게 웃으며 물었다.

"엄마? 연락도 없이 어쩐 일이야?"

정우가 황미영에게 직접 들었던 바와는 완전히 달랐다.

"분명 혈흔이 낭자한 거실에서 칼을 들고 있던 것은 사위였다고 했는데….."

미영은 소스라치게 놀라며 그 자리에 주저앉아 뒷걸음질 쳤다. 등이 차가운 벽에 닿자 그녀는 움찔거리며 몸을 부르르 떨었다. 진숙이 거실 한편에 쏟아져 있는 찌개 국물을 보며 인상을 구겼다.

"아으, 냄새…. 이게 뭐야? 왜 다 흘렸어… 더럽게."

진숙은 피바다를 이룬 거실보다는 쏟은 음식물을 보고서 얼굴을 찡그렸다. 그녀는 반쯤 쏟은 냄비를 한 손으로 받치고 보자기를 들어 싱크대로 옮겼다. 거실로 돌아왔을 때 여전히 아연실색해서 어찌할 바 모르는 미영을 보고 진숙이 코웃음을 쳤다.

"왜 그래? 엄마도 나 어릴 때 아빠 죽였잖아."

그때 거실에 누워 있던 남자의 손끝이 미세하게 움직였다. 그 모습을 포착한 미영의 동공이 커졌다. 그 많은 피를 쏟고도 그는 아직 살아 있었다.

"어머, 여태껏 살아 있어? 이야… 대단하네. 사람 목숨이라는 게 대단해. 참 질겨. 이 등가죽처럼 질기다니까. 그러다가도 또 아무것도 아닌 일로 죽는 게 사람이지만."

미영은 당장이라도 비명을 지를 것 같아서 두 손으로 자신의 입을 꽉 틀어막고 있었다. 진숙은 망설이지 않고 한 손으로 남자의 목을 젖혀서 기도를 확보했다. 그리고 나무 도마 위에 놓인 커다란 고깃덩어리를 써는 것처럼 칼을 남자의 목을 향해 세게 내리쳤다.

"악!"

미영이 결국 참지 못하고 소리를 지르자 진숙은 두 눈을 희번덕이며 그녀를 노려보았다.

"지금 뭐 하는 짓이야? 조용히 안 해?"

솟구치는 피로 얼굴을 칠갑한 채 그녀가 나지막하고도 매서운 목소리로 말했다. 진숙의 칼 놀림은 거침이 없었다.

"계속 그러고 있을 거야? 도와줄 거 아니면 가."

그녀가 "아씨, 팔 아파 죽겠네."라고 중얼거리며 칼을 바닥에 내려놓고 손으로 팔을 주물렀다. 그리고 어렵사리 분해한 몇 개의 조각을 검은 봉지에 넣고 둘둘 말아서 미영에게 건넸다.

"일단 이거 가져다가 집 화단에 좀 묻어. 저기 배낭에 담으면 되겠네. 나머지는 작업해 놓을 테니까 이따 밤에 다시 와요. 그때 같이 가져가자."

미영은 입술을 꽉 깨물고 진숙이 건넨 비밀 봉지를 받았다. 그녀가 돌아서서 집을 나가려는데 진숙이 다급히 그녀를 불러

세웠다.

"엄마? 거기 잠깐 서 봐."

미영은 태연한 척하려고 안간힘을 썼다. 그녀가 발걸음을 멈추고 천천히 뒤를 돌았다.

"그러고 갈 거야?"

진숙이 칼등으로 미영의 치마 끝단을 가리키며 말했다. 미영이 입고 있던 나일론 소재의 긴치마 끝단에 피가 꽃물처럼 붉게 물들어 있었다.

"왜, 사람 죽였다고 아예 광고를 하지 그래? 저기 옷방 가서 옷 갈아입고 가. 어차피 엄마랑 나랑 사이즈도 같고 옷도 같이 입잖아."

✦

갓 지은 밥과 기름에 튀긴 굴비, 게 찌개 등이 상 위에 푸짐하게 올려져 있었다. 아들은 어머니를 깨우러 방에 들어가려다가 정우의 모습이 심상치 않자 그에게 다가갔다.

"저기요? 괜찮으세요?"

남자가 정우의 어깨를 살며시 잡고 흔들면서 말했다. 정우는 가랑이 사이로 고개를 집어넣은 채 몸을 부들부들 떨고 있었다.

그렇게 기억에 빠져 있던 정우가 다시금 현실로 돌아왔다. 그는 혼절한 사람처럼 넋이 나가 보였다.

"아… 저 잠시 화장실 좀."

정우는 벽을 더듬거리며 화장실로 들어갔다. 낡은 세면대 수도꼭지를 틀자 수압이 약한 물이 쫄쫄 흘러나왔다. 그는 바닥에 놓인 갈색 양동이 앞에 주저앉아 한참동안 찬물로 세수를 했다. 겨우 진정이 됐는지 수건으로 얼굴을 닦으면서 거울 속 자신의 모습을 바라보았다.

'이진숙이야. 이진숙이 사람을 죽였어. 그리고 시체 처리를 황미영에게 시켰지. 서두원도, 황미영도 이런 식으로 이진숙의 뒤처리를 해 온 거야. 이진숙의 기억을 봐야겠어. 거기에 모든 진실이 담겨 있어.'

그는 당장이라도 쓰러질 듯이 비틀거리며 화장실에서 나왔다.

"죄송합니다. 제가 속이 안 좋아서 식사를 못 할 것 같아요. 먼저 가보겠습니다."

그때 열려 있던 현관문으로 누군가 들어오는 소리가 들렸다.

"계세요?"

인욱이 후배인 철호와 함께 참고인 조사를 위해 집을 찾은 것이었다. 신발장에서 정우를 마주친 인욱은 본능적으로 휘청이는 그를 부축하며 물었다.

"형, 무슨 일 있어요? 여긴 웬일이에요? 안색이 왜 이래. 어디 아파요?"

"응. 이따가 사무실에서 얘기하자. 먼저 가 있을게."

그가 마지막 기력을 쥐어짜듯 말을 뱉었다.

"형, 이 상태로 운전 못 해요. 저 오래 안 걸리니까 조금만 기다렸다가 같이 가요. 몇 가지만 여쭙고 갈 거예요."

정우가 영 미덥지 않는지 인욱은 그를 차 조수석에 태운 후, 차 키를 뽑아서 호주머니 안에 넣었다.

"여기서 쉬면서 기다려요. 금방 올게요."

인욱이 다시 집으로 들어갈 때쯤 정우는 차 문을 열고 나와 밭 어귀에 왈칵 구역질을 했다.

그사이 철호는 치매 할머니의 아들과 이야기를 나누고 있었다. 그는 이제껏 발견된 피해자들의 사진을 나열하며 남자에게 보여 주고 있었다. 그는 영문도 모른 채 바닥에 놓인 사진과 철호의 얼굴을 번갈아 쳐다보았다.

인욱은 피해자 중에 80대 노인 남성에 관한 이야기를 듣기 위해 찾아왔다. 치매 할머니와 그 아들도 황미영과 같은 동네에서 살았으니, 피해자에 대해 또 다른 정보를 얻을 수 있을지도 몰랐기 때문이다.

아들은 피해자들의 사진을 내키지 않는 표정으로 대강 보더니 한 장의 사진에 시선을 고정했다.

'역시 그 노인 사진이군.'

인욱은 잠자코 그의 반응을 기다렸다.

남자는 사진을 보고 흠칫 놀란 눈치였다. 그는 이내 뭔가 확신에 찬 표정으로 사진을 마룻바닥에 내려놓았다.

"이 사람 죽었어요?"

남자는 노인을 안다 모른다, 일언반구 없이 대뜸 물었다.

"네? 이분을 아세요?"

남자는 철호의 물음에 답을 하지 않고 재차 물었다.

"이 사람 죽었나요?"

역시 같은 질문, 이상한 낌새를 느낀 인욱이 끼어들어 말했다.

"네, 죽었어요. 왜 그러시죠?"

"휴….".

그제야 남자는 안도의 숨을 내쉬었다.

"이 사람 맞아요. 우리 동네에서 문방구 하던 할아버지."

"아시는군요. 황미영 씨 말로는 좋은 사람이었다고 하던데요. 아이들도 예뻐하고."

"아하하하하하하하."

남자는 실소치고 목청을 높여서 웃었다.

"어른들이 그러니 눈뜬장님이라니까. 아니지, 장님도 좌우간 눈앞의 일을 그리 못 보진 않아요. 하긴 우리 어머니도 절대 모를 거예요. 그 사람 정체를."

"그게 무슨 말이죠? 정체라니."

"죽었다니 다행이네요."

그는 알아들을 수 없는 소리를 계속했다.

"선생님, 아시는 것을 차근히 말씀해 주세요. 저희가 이해할 수 있도록 말이죠."

철호가 참다 참다 그에게 간곡히 말했다.

"이 인간… 늙은 뱀입니다. 아이들의 영혼을 잡아먹는 구렁이에요."

"혹시 아이들을 추행했나요?"

촉이 온 인욱이 직설적으로 물었고, 남자는 굳은 얼굴로 천천히 고개를 끄덕였다.

"추행 사실은 어떻게 아셨죠?"

"어떻게 알긴. 저도 당했으니까 알았죠."

"선생님이요?"

"내가 6살? 7살 때쯤인가? 아무도 없는 문방구에서 할아버지가 좀 도와 달라며 나를 안쪽 방으로 부르더군요. 갔더니 자기 셔츠 팔목에 있는 단추를 좀 잠가 달라고 부탁을 했어요. 그래서 해 줬죠. 그러면서 나도 옷을 단정히 입어야 한다면서 옷 정리를 해 주는 듯 하더니 바지춤에 손을 쓱 집어넣었어요. 뭐 말로 내뱉고 싶지도 않은 그런 거. 더럽고 추악한 짓들을 했어요."

그는 떠올리긴 싫지만 언제고 금방 꺼낼 수 있는, 그날의 기억을 펼쳤다. 다 늙은 몸이 되었지만 그 기억만큼은 생생했다. 그가 불과 6살 때 일이었음에도.

시장의 서문에서 왼쪽으로 500m만 가면 구석에 오래된 문방구가 하나 있었다. 그 동네에서 유일한 문방구였다. 학교 준비물뿐만 아니라 온갖 신기하고 휘황찬란한 장난감이 끝도 없이 있던 곳. 아이들이 아침저녁으로 몇 번이고 들락거리며 허기진 배를 불량 식품으로 채우던 곳이었다.

그곳의 터줏대감이었던 할아버지는 안쪽 온돌방에 앉아서 아이들을 지켜보았다. 할아버지가 뒤를 돌아 딴짓을 하고 있어도, 지우개 하나 호주머니에 넣기를 성공한 아이가 없었다. 마치 뒤통수에도 눈이 달려 있는 듯 모든 행동을 속속들이 알아냈다.

처음부터 그가 문방구의 비밀을 알았던 것은 아니었다. 안쪽 방에서 간혹 자기보다 어린아이들이 할아버지가 준 사탕이나 껌을 손에 들고 벙찐 표정으로 나오긴 했지만 별다른 눈치를 채진 못했다. 하긴 그 안에서 일어나는 일은 아이들이 상상할 수 있는 범주에 있지 않았다.

인욱은 사진 속 노인을 바라보았다. 말라서 볼이 쏙 들어갔지만 부드럽게 이어지는 선한 눈매가 인상적이었다. 평생 궂은일을 도맡아 하며, 일평생 자식을 위해 헌신한 사람이나 지을 법한 인자한 미소를 짓고 있었다.

"혹시 이진숙 씨도 당했을까요?"

"그런 식으로 당한 건 저뿐만이 아니었어요. 여자애 남자애 가릴 것 없이 아무것도 모르는 어린 애들에겐 모두 손을 뻗쳤죠."

"당시에 어른들에겐 알렸나요?"

철호가 남자의 이야기에 몰입한 듯이 인상을 찌푸리고 물었다.

"참 알 만한 양반이! 그만한 애가 자기가 뭔 일을 당한 건지도 모르는데 누구한테 뭘 이르냔 말이에요. 그리고 할아버지가 어디 가서 말하지 말라고, 말하면 혼난다고 하니까 그냥 말 못하는 거지. 그자는 인간 거죽을 쓴 악마예요. 나도 살면서 종종 생각했어요. 그런 일은 좀처럼 잊기가 쉽지 않거든요. 살았을까? 죽었을까? 지금까지 살아 있다면 내가 가서 확 죽일까? 뭐 이런 생각도 해 보고⋯."

"하기 힘든 이야기였을 텐데 고맙습니다."

"에라이. 입맛 다 떨어졌네요."

그때 치매 할머니가 부스스한 모습으로 방문을 열고 나왔다.

"어? 어머니, 일어나셨네? 어서 와서 식사하세요. 형사님들도 같이 드시고 가세요."

"아뇨, 다음에 먹을게요. 오늘은 빨리 가봐야 할 데가 있어요."

인욱은 철호에게 먼저 가라는 신호를 하고, 정우의 차 운전석에 탔다. 정우는 조수석에서 잠시 기절한 듯이 자고 있었다. 인욱은 그가 깨지 않도록 조용히 시동을 걸고 출발했다.

정우의 차는 텅 빈 횡단보도 앞에 섰다. 인욱은 깜빡이는 초록색 신호등 불빛을 멍하게 바라보았다. 이내 조수석에서 잠시 눈을 붙이던 정우가 몸을 뒤척이며 잠에서 깼다.

"형, 일어났어요? 집 앞이에요. 다 왔어요."

"응."

정우는 정신이 아득한지 숨을 크게 들이마시며 잠을 깼다.

"형도 안 거죠? 범인이 누군지."

"응."

"이진숙, 맞죠?"

"응. 넌 어떻게 알았어?"

"에이, 전 형사잖아요. 서두원, 황미영을 용의자로 특정하고 수사했을 때 삐걱댔던 모든 상황이 이진숙을 범인으로 놓고 나면 가지런히 정렬돼요."

"그렇구나. 난 아까 저 집에 있을 때 황미영의 기억이 났어. 어떤 냄새 때문이었던 것 같은데…. 아무튼 이진숙이 전남편을 살해하고 엄마인 황미영에게 시신 유기를 시키는 기억이었어. 황미영은 살인에 전혀 가담한 바가 없었어. 오히려 두려워하는 것 같았지. 하지만 시키는 대로 할 수밖에 없었던 거야. 어쨌든 딸이니까."

"이로써 정말 확실해졌네요. 근데 문제는 증거가 없다는 거예요. 이러다 서두원이 다 뒤집어쓰겠어요. 증거를 찾아야 하는데."

인욱은 정우의 오피스텔 주차장에 도착해 차를 세웠다. 그리고 검은색 비닐봉지를 꺼내어 차에 너저분하게 흩어져 있는 쓰레기를 모으기 시작했다.

"그 시골집 말이야. 범행 현장에서 이진숙의 혈흔이 발견됐잖아. 그게 증거 아니야? 오히려 서두원은 혈흔은 없었잖아."

"증거 맞아요. 하지만 그걸로는 부족해요. 이진숙이 살인을 했다는 직접 증거가 필요하죠. 서두원은 자백을 했고, 목격자 진술에 시신까지 나왔어요. 경찰과 검찰이 또 한 번 삑사리 냈다는 것을 인정하려면 확실한 증거가 있어야 해요."

잠시 차 안에는 정적이 흘렀다. 정우가 차에 언제부터 있었는지 모를 커피를 입에 가져다 대며 말했다.

"제 버릇 개 못 준다고."

"여전히 범행을 계획 중일까요?"

"어쩌면 이미 범행을 하는 중일지도 모르지."

✦

진숙은 두꺼운 겨울 패딩을 입고 밀폐된 공간으로 들어갔다. 영하 18도, 손에는 모락모락 김이 나는 코코아 한 잔이 들려 있었다.

"아, 달다. 맛있다."

행복이 묻어나는 그녀의 목소리가 간드러졌다.

그녀는 차가운 바닥에 앉았다. 패딩 때문인지 한기가 전달되진 않았다.

"너도 한잔 할래?"

그녀가 바로 앞에 있는 남자에게 말을 걸었다. 그는 진숙의 시선을 피하며 고개를 천천히 도리도리 저었다.

"아님 말고."

남자는 짧게 깎은 붉은 머리카락을 하고 있었다. 얼굴에 드문
드문 나 있는 여드름 자국 때문인지 남자의 얼굴은 더욱 앳돼
보였다. 그는 눈을 반쯤 뜨고 있었다. 아니, 반쯤 감고 있는 건
가? 딱히 겁에 질린 표정도 아니고 모든 것을 체념한 듯 허공을
향해 헛헛한 시선만 날릴 뿐이었다.

"표정이 왜 그래? 심심한 얼굴이네. 내가 재밌는 얘기라도 해
줄까?"

그는 여전히 천천히 고개를 저었지만 진숙은 아랑곳하지 않
았다.

"마치 첫사랑처럼 말이야, 처음 죽인 사람은 기억에 더 남는
법이거든. 내가 초등학교 5학년 때 문방구 할아버지가 이사를
갔어. 친히 시장을 돌며 이웃들에게 인사를 하고 갔지. 그때 내
가 용기를 내서 물어봤어. '할아버지 어디로 이사 가세요?' 그
러니까 껄껄껄 웃으면서 답하더라. '영도암이라는 동네야. 여기
서 멀어.' 이후로 난 잊은 적이 없었어. 언젠가 그 할아버지를
찾아가겠다는 생각이 있었으니까."

✦

진숙은 비교적 이른 나이에 첫 번째 결혼을 하고, 남들이 평
범하다고 할 만한 생활을 영위하고 있었다. 그러던 어느 날 불
현듯 진숙의 머릿속에 영도암이라는 동네 이름이 떠올랐다. 그

녀는 그길로 영도암으로 향했다.

영도암은 전북 시골의 작은 동네였다. 문방구 할아버지를 찾는 것은 어렵지 않았다. 다만 너무 늙고 쇠약해진 모습에 알아보기가 쉽지 않았을 뿐이다.

"할아버지?"

"누구시오?"

진숙이 한 손에 과일 바구니를 들고 그의 집에 갔을 때 그는 다 쓰러져 가는 허름한 집에서 밥에 물을 말아 끼니를 때우고 있었다.

"저 기억 안 나세요? 이전에 시장 정육점 집 딸내미예요. 진숙이."

"아! 기억나지, 기억나. 아이고, 다 커서 숙녀가 됐네."

그는 진심으로 반가운 미소를 지으며 자신의 옆으로 와서 앉으라는 듯 손을 저었다. 진숙이 옆에 앉자 그는 친근함의 표시로 손을 올려 그녀의 어깨를 토닥였다. 꺼끌꺼끌하고 늙은 손의 촉감이 느껴졌다.

"제가 반가우신가 봐요."

"그럼 반갑지. 반갑고말고."

진숙이 과일 바구니에 숨겨 온, 날이 시퍼렇게 선 칼을 꺼내며 말했다.

"그런 짓을 해 놓고 다시 보면 도망가야지. 반갑기는 뭣이 반가워?"

그녀는 망설임 없이 가슴에 칼을 꽂았고, 그는 별다른 저항도 못 한 채 기운 없이 고부라졌다.

산으로 이어진 집 뒤편에서 진숙은 무언가에 홀린 것처럼 칼질을 해 댔다. 땀방울이 처마에서 떨어지는 빗방울처럼 턱에서 뚝뚝 떨어졌다.

그때 그녀 옆으로 배를 주린 동네 개가 어슬렁거렸다. 그녀는 노인의 가랑이 사이 거무튀튀하고 축 늘어진 살점을 칼로 스윽 잘라 개에게 휙 던졌다. 갈비뼈가 앙상하게 드러나 보였던 개는 날렵하게 살점을 낚아채고 사라졌다. 그 모습이 어찌나 웃기던지 진숙은 한참이나 온몸을 들썩거리며 깔깔댔다.

금세 어두운 밤이 되고 모든 작업을 마친 진숙은 남편에게 전화를 걸었다. 그녀는 공포에 질린 듯이 연기를 시작했다.

"여보, 어디야? 나 어떡해. 으흑흑…. 무서워."

"진숙아, 무슨 일이야. 내가 당장 거기로 갈게. 꼼짝 말고 기다려!"

남편이 왔을 때 이미 토막 난 시신을 검은색 이민 가방 안에 넣어 둔 상태였다. 그녀는 온몸에 땀이 범벅이 되어 남편의 품에 안겨 하염없이 눈물을 흘렸다.

"이 사람은 내가 어렸을 때 성추행을 했던 인간쓰레기야. 우연히 만났는데 그때가 생각나서 우발적으로 그만 죽이고 말았어. 여보, 나 어떡해?"

진숙은 슬며시 남편의 눈치를 살폈다. 살며시 올려다본 그는 완전 패닉상태였다. 나서서 시신을 유기하고 상황을 정리해 줄 것이라는 그녀의 기대와 달리, 그는 당장 오줌이라도 지릴 것만 같았다.

'아씨… 뭐야, 이 인간. 약해 빠져 가지고.'

진숙은 두려움에 정신을 못 차리는 그를 달래며 차분히 상황을 진두지휘했다.

"여보. 일단, 이 시신이 든 가방을 근처 강에 던지면 어떨까? 그럼 아무도 모를 거야."

"진숙아, 아무래도 안 되겠어. 우리… 경찰에 신고하자."

"뭐? 그걸 지금 말이라고 해?"

한심한 남편을 바라보며 애써 눈물 연기를 하던 진숙이 순간 산통이 깨졌는지 정색하며 물었다.

"나 보고 살인죄로 교도소라도 들어가란 얘기야?"

"진숙아, 내 말은 그게 아니고…."

"그 말이 그 말이지. 왜 이렇게 한심하게 굴어? 이미 상황은 벌어졌고. 수습할 생각을 해야 할 거 아니냐고."

"미안해."

이제 눈에 눈물이 맺힌 것은 진숙이 아니라 남편 쪽이었다. 그는 두 손을 벌벌 떨면서 시신이 든 가방을 차 트렁크에 실었다. 누가 몸에 손가락 하나라도 대면 꽥하고 비명을 지르면서 꽁무니를 내빼고 도망칠 것 같은 모습이었다.

"그럼 이제 어쩌지?"

"근처에 인적이 드문 강이 하나 있어. 거기에 가방을 버리면 아무도 모를 거야, 할 수 있지?"

"…."

"대답 안 해? 할 수 있냐고!"

"으, 응."

진숙의 남편은 그날부로 정신이 이상해져 갔다. 진숙은 며칠만 그러다 말 거라고 여겼지만 남편의 상태는 날이 갈수록 더 심각해졌다. 결국 그는 다니던 직장도 관두고 방구석에 박혀서 질질 짜거나, 미친 사람처럼 중얼거리곤 했다.

"진숙아, 내가 요즘 매일 이상한 꿈을 꿔. 너무 무서워. 나 좀 살려 줘."

"왜 그렇게 사람이 약해 빠졌어? 다 지난 일이잖아. 죽어도 마땅한 사람이었다고! 언제까지 이럴 건데!"

진숙이 참다못해 버럭 화를 냈다.

"도저히 이렇게는 살 수 없을 것 같아. 경찰에 신고해야겠어. 가만있어 봐. 내 핸드폰이 어디 있지?"

"지금 뭐라고 했어?"

✦

진숙은 다 마신 빈 컵을 바닥에 내려놓았다. 잔 안쪽에 거뭇거뭇 코코아 가루가 남아 있었다.

냉동고에 오래 있었더니 패딩 안으로 한기가 돌았다. 어느새 진숙의 코와 귀는 추운지 빨개졌다.

"난 몰랐지. 그렇게 물러터진 사람일 줄이야. 그날 이후 완전히 미친 사람처럼 굴더라고. 그러다가 진짜 사고를 칠 것 같았어. 경찰에 신고할 수도 있잖아. 안 그래?"

빨간 머리의 소년은 이런 말을 들으면서도 여전히 아무런 표정 변화가 없었다. 소년의 속눈썹에 어느새 하얀 서릿발이 섰다.

"어느 날은 도저히 이렇게 살 수 없다고 당장 경찰에 신고하겠다고 헛소리를 하는 거야. 참 나, 내가 너무 기가 막혀서. 그래서 그냥 죽인 거야. 근데 웬걸? 죽였더니 너무 개운한 거야. 그때 안 거지. 나는 누굴 죽이는지는 중요한 게 아니었던 거야. 죽이는 행위 자체가 중요했던 거지."

그녀는 그 순간이 자신의 인생에서 역사적인 순간이라도 되는 양 으스대며 말했다.

"나는 늘 머릿속이 시끄러운 편이거든. 근데 사람을 갈기갈기 찢을 땐 머릿속이 깨끗하고 조용해. 그 느낌이 너무 좋아. 이게… 중독이야. 한동안 공백기를 갖다 보면 머릿속으로 다른 사냥감을 물색하지 않을 수 없다는 거지."

빨간 머리 소년이 좀처럼 아무 대꾸도 하지 않자 진숙이 입술을 뾰로통하게 내밀며 검지로 그의 볼을 꾹 찔렀다. 그러자 소년의 얼굴이 빠르게 뱅글뱅글 회전했다.

"어우, 말을 많이 했더니 배가 고프네. 밥을 좀 먹어야겠어.

다른 이야기는 나중에 마저 해 줄게."

　진숙이 이만 냉동고를 나가려는지 자리에서 일어섰다.

"추우면 패딩이라도 하나 입을래?"

"…."

"아, 너 몸통이 없지. 쏘리."

　머리카락이 줄에 묶여 천장에 매달린 소년의 머리는 여전히
정신없이 돌아가고 있었다.

진숙은 며칠째 모습을 보이지 않았다. 인욱은 행방이 묘연한 그녀가 못내 불안했다.

'대체 어디서 뭘 하고 다니는 거지.'

진숙의 행적을 놓치다니 정말 바보 같은 실수였다.

그녀가 부재한 3일 동안 치매에 걸린 황미영이 손녀를 돌보았다. 아이가 있으니 갑자기 사라지지는 않을 거라고 여긴 것이 결국 패착이 되고 말았다.

서두원은 내일이면 검찰에 송치된다. 인욱은 이번 조사가 마지막이 될지도 모른다는 생각에 착잡함이 밀려왔다.

조사실로 들어온 서두원은 몹시 고단한 얼굴을 하고 있었다. 보통 피의자들이 저런 얼굴일 때 자백을 많이 하지. 인욱의 마음속에 일말의 기대가 움텄다.

"자, 오늘은 당신이 부인하고 있는 세 가지 사건에 대해 말해 보려고 해요."

"전 이미 모든 것을 다 말했습니다. 더는 할 말 없어요."

서두원은 눈만 감았다가 뜰 뿐 미동이 없었다.

"첫 번째는 전기 충격기를 사용해 이수영이라는 이름의 대학 생을 죽이고, 토막 살인을 연상시키는 낙서를 해 놓은 사건이 죠."

인욱이 원룸에서 살해당한 피해자의 사진을 테이블 위에 올 려놓았다.

"두 번째는 토막 살해된 채 갈대숲에서 발견된 중학생 김지유 양 사건이고."

그는 이어서 훼손된 시신이 담겨 있는 포대가 찍힌 사진을 옆 에 나란히 놓았다.

"세 번째는 오피스텔에 침입해 윤지수 씨를 고층에서 밀어 살 해한 사건입니다. 이건 사건 당일 엘리베이터에 찍힌 CCTV 영 상 캡처 사진이고요."

서두원은 엘리베이터 CCTV에 찍힌 사람이 이진숙임을 알아 보고 황급히 시선을 피했다.

"이제 내가 말해 볼까? 당신이 다른 죄는 모두 인정하면서 이 세 가지 사건만 부인했던 이유를? 이 사건들은 당신이 시체를 유기한 바가 없거든. 더 정확히 말하면 당신은 이진숙이 벌인 사건인지도 몰랐던 거지."

인욱은 본론에 들어가면서 그에게 말을 놓았다.

서두원은 유독 한 사진에 오랫동안 시선을 두었는데 바로 김지유 양의 시신 사진이었다.

"당신의 아내인 이진숙이 이 사람들을 죽였을 거라곤 생각하지 못했으니까. 그래서 부인하는 거겠지. 김지유 양은 당신이 강에 유기한 조폭과 함께 이진숙의 손에 죽었어. 하지만 어떤 이유에선지 이진숙은 조폭의 시신만 당신에게 건넸지. 그리고 당신이 털털이 일로 경찰 조사를 받던 날 김지유 양의 시신을 처리했어. 아주 허술했지. 당신이 했던 거랑은 차원이 달랐어. 그냥 상황을 회피하듯 갈대숲에 던져 놓은 게 다였으니까."

"…"

인욱은 그에게 생각할 틈을 주지 않고 계속해서 휘몰아쳤다.

"대학생 이수영 양은 어때? 바로 현장에서 전기 충격기를 이용해 죽이고 몸에 낙서를 했어. 이제껏 토막 살인을 했던 이진숙에겐 자신의 범죄임을 알리는 일종의 시그니처였지. 그때도 역시나 당신에게 시신 유기를 맡기지 않고 그냥 그 자리에 두고 나왔어."

서두원은 여전히 말이 없었으나 머릿속이 복잡해 보였다. 이 사건들은 이진숙과 전혀 관련이 없다고 여겼던 게 분명했다.

"피해자 윤지수는? 말할 필요도 없어. 당신은 윤지수가 누군지 조차 모를 테니. 윤지수는 이진숙이 다니던 상담 센터에 같이 다녔던 사람이야. 윤지수가 살해당한 날 공교롭게도 이진숙은 바로 윗집에 머물렀지."

"형사님이 무슨 말을 하시는지 전혀 모르겠습니다. 그만 하세요. 변호사를 불러 주세요."

"아무리 아내라도 말이야. 시신을 유기해 준 건 좋은 선택이 아니었어. 당신이 시신을 너무 말끔하게 처리해 준 덕분에 이진숙은 계속해서 자신의 끔찍한 취미 활동을 이어 갈 수 있었으니까. 당신이! 너무 완벽하게! 시신을 유기한 덕분에!"

인욱이 분통을 터트리면서 주먹으로 책상을 내리쳤다. 그는 잠시 숨을 고르고 말했다.

"당신 덕분에 이진숙은 사람들의 눈을 피해, 수사 기관을 피해 더 많은 사람을 죽일 수 있었던 거라고! 그러니까 아내를 위한 순애보니 뭐니 죄를 뒤집어쓰는 신파는 그만해! 당신도 최소한 양심의 가책을 느끼는 인간이라면."

"더 이상 아무 말도 하지 않겠습니다."

서두원의 목소리에서 미세한 떨림이 느껴졌다.

"이진숙을 지키면 당신에게 뭐가 남지? 아내? 정말 웃기지도 않는군. 당신이 지켜야 할 건 이진숙이 아니야. 서연수야. 당신 딸이라고! 당신이 감옥에 있으면 서연수의 보호자는 연쇄 살인범이 되는 거야. 그래도 정말 괜찮겠어?"

딸의 이름이 나오자 서두원이 몸을 움찔거리며 반응했다. 인욱은 그 틈을 파고들었다.

"솔직히 말하면 이진숙이 딸을 키워 줄지도 의문이야. 이진숙은 지금 3일째 행방이 묘연해. 집에도 들어오지 않고 있다고. 지금 당신 딸을 돌보고 있는 건 치매 증상이 있는 황미영이야. 당신이 모든 것을 걸고 지키려는 살인마 이진숙이 아니고!"

"그만! 변호사를 불러 줘. 더 이상 조사받지 않을 거니까."

서두원은 궁지에 몰린 쥐처럼 몸을 웅크리며 소리쳤다. 인욱은 적어도 오늘 조사를 통해 그의 마음에 파문을 일으켰다는 것을 느낄 수 있었다.

옆방에서 조사실을 지켜보고 있던 후배 경찰 철호가 엄지를 치켜들며 감탄했다. 경찰 중에 서두원이 범인이 아니라고 생각하는 사람은 인욱과 철호 둘뿐이었다.

'속내를 들키고 싶지 않겠지.'

서두원은 입을 다물고 인욱과 눈을 마주치지 않았다.

"이제 진실을 말해. 피해자들을 죽인 건 이진숙이라고. 당신은 그의 지시에 따라 시신을 유기한 거잖아!"

서두원은 이후 자신의 변호사가 올 때까지 아무런 말도 하지 않았다. 그의 바람대로 조사실에 조 변호사가 도착하자 그제야 숙였던 고개를 들었다.

조 변호사가 명품 가방을 조사실 책상에 올려놓으며 말했다.

"저를 찾으셨다고요?"

"우리 딸 연수가 잘 지내는지 확인 해 주세요. 꼭 좀 부탁드립니다."

조 변호사는 바쁜 시간을 쪼개어 왔는지 계속해서 휴대전화를 확인했다.

"네, 그러죠. 그리고 제가 또 어떻게 해 주길 바라죠?"

"그런 거 없습니다. 그냥 빨리 끝났으면 좋겠어요. 지치네요."

"듣자 하니 경찰 1명이 당신이 범인이 아니라고 생각한다던데, 당신에겐 좋은 소식 아닙니까?"

"변호사님마저 왜 그러십니까. 제가 다 한 거라고요."

그의 말에 조 변호사는 피식 하고 옅은 미소를 지었다. 그리고 그의 귓가에 작게 속삭였다.

"우리끼리 말이지만 털털이 최대복 씨도 당신이 범인이 아니라는 걸 알고 있더군요. 저에게 당신 변호를 맡긴 것도 당신이 억울한 옥살이를 하지 않길 바라서겠죠."

조 변호사는 다시 서두원에게 거리를 두고 큰 목소리로 말했다.

"잘 생각해 보세요. 당신이 지키고 있는 게 뭔지, 정말 지켜야 하는 게 뭔지. 지켜야 할 것들 중에 왜 자기 자신은 없는지 말이죠. 난 당신 변호사예요. 당신이 솔직하게 털어놓는다면 최선을 다해 도울 겁니다. 느낌이긴 한데 당신은 그렇게 나쁜 사람 같진 않거든요. 물론 시신 유기죄도 아주 무거운 죄라, 죗값은 당연히 치러야 할 테지만요."

진숙은 그녀의 왕국에서 3일째 머물고 있었다. 이제껏 전리품들과 이렇게 많은 시간을 보낸 것은 처음이었다.

"난 정말 천재야!"

시신을 유기해 줄 남편은 더 이상 없었다. 새로운 방법을 찾아야 했다. 그러던 와중에 어릴 적 그녀와 엄마가 벌을 받던 냉동고가 떠올랐다. 영하 20도 가까이 되는 냉동고에 사람을 보관한다면 1년도 거뜬할 것이라는 생각이 들었다.

'시신을 급히 처리하지 않아도 되잖아. 시신을 유기해 줄 새로운 파트너를 만들기 전까지 여기에 보관하면 돼. 무엇보다 좀 더 관람할 수도 있고.'

부지는 사람이 살지 않는 한적한 곳으로 잡았다. 하수 처리장이 생기고 오수 냄새가 풍기면서 동네 사람들이 모두 보상금을 받고 떠난 빈터였다. 빛이 들어오지 않게 차단막을 완벽하게 친 후, 안에는 간단한 살림살이를 마련하고 냉동고를 설치했다. 겉으로 보기엔 낮에도 밤에도 사람이 사는 흔적을 전혀 찾아볼 수 없었다.

오늘 진숙은 빨간 머리 소년에게 몸을 만들어 주기로 했다. 꽝꽝 언 넓적한 얼음 덩어리 같은 사람의 몸통을 질질 끌고 왔다.

"더럽게 무겁네."

천장에 매달려 있던 빨간 머리 소년의 머리카락에서 줄을 풀었다. 그리고 바닥에 몸통과 함께 내려놓았다. 진숙은 팔 두 개를 가져와서 몸통에 맞췄다. 왼쪽 팔은 얇고 긴 것이 여자의 것처럼 보였고, 오른쪽 팔은 넓적다리처럼 두껍고 짧은 게 키가 작은 남자의 것 같았다.

"어때? 마음에 들지 모르겠다."

종이 인형의 옷을 갈아입히는 소녀처럼 진숙은 만족스러운 미소를 지었다.

"여전히 지루한 표정이네. 그럼 마저 내 이야기를 들려줄게."

그녀는 소년의 머리맡에 앉았다. 이번에도 역시 검은색 패딩을 입고 손에는 따뜻한 우엉차가 들려 있었다.

"내가 어디까지 이야기했더라? 아, 첫 번째 남편을 죽인 것까지 이야기했지? 한 번 그 맛을 보니까 계속 사람은 죽이고 싶은데 그러기 위해선 다시금 안정적인 보금자리가 필요했어. 그래서 두 번째 결혼을 했지. 우직한 사람이었어. 무엇보다 가족에 대한 보호 본능이 강한 사람이었지."

✦

시어머니의 장례식장이었다. 서두원은 마무리할 일이 있으니 진숙에게 먼저 집에 가서 눈을 좀 붙이라고 했다. 장례식장에서 내내 손님을 맞았던 진숙은 고단한 몸을 이끌고 집으로 갔다.

집도 살던 사람이 죽은 것을 아는지 며칠 만에 생기를 잃고 죽은 집이 되었다. 진숙이 따뜻한 물로 샤워를 하고 나올 때쯤 시어머니와 가장 친했던 동네 어르신이 집으로 들어왔다.

"아가, 장례 치르느라고 고생 많았지. 네 어머니가 너를 참말로 예뻐했는데."

어르신은 막 씻고 나온 진숙의 손을 덥석 잡으며 눈시울을 붉혔다.

"병원에서 항암 치료하면서도 손주 보고 죽으면 여한이 없겠다고 했거든. 근데 결국은 이렇게나 빨리 허망하게 죽었어."

그녀는 결국 다시 울음을 터트리며 주저앉아 흐느꼈다. 진숙은 그런 그녀가 굉장히 짜증이 났다. 잡혀 있는 손을 빼내려고 해 봤지만 노인네가 어찌나 기운이 좋은지 잡은 손을 좀체 놔주지 않았다.

"피곤해서 죽겠으니까 좀 가세요!"

"아, 미안해. 네가 많이 피곤할 텐데 내가 생각이 부족했네. 밥 잘 챙겨 먹고 푹 쉬렴."

시어머니의 친구는 진숙의 거친 반응에 화들짝 놀라며 급히 자리에서 일어났다. 그녀가 일어나서 현관문으로 나가려는데, 진숙의 눈에 신발장 옆에 놓여 있던 괭이가 들어왔다.

진숙은 팔을 포물선으로 크게 휘둘러, 쭈그려 앉아 주섬주섬 신발을 신는 노인의 목을 노렸다. 진숙은 피를 흘리며 쓰러진 그녀를 질질 끌어서 욕실로 데려갔다.

몇 번 해 봤다고 요령이 생긴 것인데, 욕실이 쏟아지는 피를 치우기가 아무래도 수월했다. 진숙은 노인의 의식이 있든 없든 개의치 않았다. 신명 나게 시신을 처리하고 나니 진숙도 그제야 정신이 들었다. 그때 현관문 열리는 소리가 들리고 서두원이 집 안으로 들어왔다.

"여보."

진숙은 온몸을 바들바들 떨며 그의 품에서 한참을 울었다. 시신을 훼손하느라 얼마나 힘들었던지 손발이 알아서 달달달 떨렸다.

서두원은 진숙이 처리해 놓은 가방 속 시신을 보고 잠시 굳어졌다. 하지만 곧 진숙에게 집에 있으라는 말을 남기고 가방을 챙겨 집을 나섰다.

진숙은 터지는 웃음을 참느라 혼났다. 억지로 우는 게 쉽지 웃음을 참는 건 보통 일이 아니었다.

"그 남자는 '다 그런 일이 벌어질 만한 사정이 있겠거니.' 하고 나를 믿더라고. 아무것도 묻지 않았어. 남편은 시신을 버리고 오더니 마치 아무 일도 없었던 것처럼 나를 대했어. 그때 알았지. 이 남자가 내 인생 최고의 파트너가 될 거라고."

✦

황미영의 집 앞에서 잠복 중이던 철호는 이진숙을 발견하곤 화들짝 놀라 인욱에게 전화를 걸었다.

"선배, 이진숙이 나타났어요. 이제 막 집으로 들어가고 있어요."

"차 타고 왔어?"

"아뇨, 걸어왔어요. 3일 전에 제가 마지막으로 봤던 모습이랑 똑같은 것 같아요. 딱히 짐 가방이 있었던 것도 아니고."

"그래. 수고했다."

"그리고 국과수 결과 들으셨죠? 피해자 이수영 집에서 발견됐다는 노란색 카디건 말이에요. 거기서 이진숙 DNA가 나왔대요. 와… 진짜 대박 아니에요? 선배는 어떻게 그걸 의뢰해 볼 생각을 한 거예요?"

"내 감이 아니라 유가족 감이야. 피해자의 언니가 그 옷은 절대 자기 동생 옷이 아니라고 확신하더라고. 솔직히 나도 진짜 나올 거라고는 생각 못 했어. 어떤 미친놈이 자기가 죽인 사람 옷장에 버젓이 옷을 걸어 놓고 나오겠냐고."

"그건 그래요. 아, 생각할수록 소름이네. 아무튼 팀장님한테 결과 보고했는데 다들 고개는 갸웃거리면서도…. 아시잖아요, 이게 또 이진숙이 직접 살해를 했다는 증거는 아니라서 다들 무시하는 눈치예요."

"이 정도 증거로는 검사도 이진숙을 기소하진 못해. 절대 못 빠져나갈 뭔가가 필요한데."

"그나저나 이진숙은 왜 불러서 조사하시지 않는 거예요? 불러서 이것저것 물어보면 나오는 게 있을지도 모르잖아요."

"우리가 지켜보고 있다는 걸 모르게 하고 싶어."

"방심하게 하려고요?"

"그렇지. 우리가 자신을 주목하고, 의심하고 있다는 생각을 하게 돼 봐. 극도로 몸을 사릴 거 아니야. 그럼 반경도 좁아져. 지금은 서두원이 대신 갇혀 있으니까 이진숙도 마음을 좀 놓을 지도 모를 일이지."

"역시 선배님! 그런 뜻이 있었군요."

철호가 "크⋯." 하고 감탄사를 내며 엄지를 치켜세웠다.

"제 눈에도 선배 눈에도 뻔히 보이는데 왜 다른 사람들은 서두원이 범인이라고만 할까요?"

"목격자에, 자백에, 심플하다고 생각하는 거지. 이미 털털이에서 한 번 삐끗하기도 했고. 사람들은 골치 아픈 걸 싫어해. 경찰도 사람이니까."

✦

정우는 인욱에게 전날 진숙이 집으로 돌아왔다는 소식을 듣고 바로 운전대를 잡았다.

혹시나 저번처럼 경찰이 그녀를 놓칠 수도 있다는 생각이 들었고, 무엇보다 직접 진범인 이진숙의 면상을 확인하고 싶었다. 그는 차 안에서 황미영의 집을 염탐했지만 거실 불만 켜져 있을 뿐 별다른 인기척이 없었다. 어두컴컴한 밤, 정우는 무력

감에 애꿎은 핸들만 주먹으로 두드렸다.

그때 갑자기 눈앞에 화소가 낮은 시뮬레이션 화면이 펼쳐지는 것처럼 무언가 보이기 시작했다. 서두원의 기억이었다.

서두원은 바로 앞차에 시선을 고정하고 급히 차에 시동을 걸었다. 그가 쫓는 차엔 이진숙이 타고 있었다. 정우는 이진숙의 뒤를 밟는 서두원의 기억을 따라 차를 움직였다.

서두원은 이진숙이 어디로 가는지 전혀 모르는 듯했다. 그녀의 차가 코너를 돌거나 사거리를 건널 때 그녀를 놓치지 않으려고 기를 쓰는 것을 보면 분명했다. 정우는 서두원의 기억을 더듬어 가는 것임에도 마치 당장 눈앞에 진숙의 차를 쫓고 있는 것처럼 긴장됐다.

적정한 차간 거리를 두고 차선을 바꿔 가며 조심히 뒤를 밟던 서두원은 잠시 차 속도를 늦추었다. 이미 운전한 지는 1시간이 훌쩍 넘어 있었다.

칠흑 같은 어둠이 뒤덮인 시골길, 띄엄띄엄한 가로등 불빛 외엔 아무것도 보이지 않았다. 오가는 차도 없었고, 사람도 없었다. 이런 곳에선 뒤따라오는 차가 있다는 사실만으로 의심을 살 만했다.

기억 속에서 서두원이 차를 세우자, 정우도 따라서 속도를 늦추었다. 정우가 창문을 열자 절로 인상을 찌푸리게 만드는 악취가 코를 찔렀다. 시골에서 흔히 나는 거름 냄새가 아니었다.

아주 근접한 곳에 하수 처리장이 있는 것 같았다. 서두원은 급히 헤드라이트를 껐다. 뭔가를 본 게 분명했다. 이진숙의 차가 저만치서 속도를 점차 늦추기 시작하더니 이내 완전히 멈췄다.

이진숙은 차에서 내려 어디론가 유유히 걸어가고 있었다. 진숙의 앞에서 누군가 다리를 절며 도망치고 있었다. 절박한 몸짓이었지만 부상 때문에 영 속도가 나지 않았다.

진숙이 굳이 뛰지 않아도 잰걸음으로도 충분히 따라잡을 수 있는 속도였다. 진숙의 차 헤드라이트가 암전된 무대 위 떨어진 핀 조명처럼 두 사람의 추격을 환히 비추고 있었다.

"아악! 저리 가! 살려 주세요!"

공포에 몸부림치는 비명이 허공에 순식간에 흩뿌려졌다. 남자의 목소리였다. 그것도 좀 앳된 남자의 목소리. 이를 목격한 서두원은 눈 앞에 펼쳐지는 장면을 숨죽이며 지켜보았다.

정우는 눈을 질끈 감고 기억에 집중했다. 도망가는 사람의 모습을 자세히 보기 위해서였다.

키는 크지 않았고, 말랐고, 머리카락이 짧았다. 언뜻 봤을 때 머리 색깔이 붉었다.

진숙이 한 손에 들고 있던 날카로운 뭔가로 도망치는 소년의 등을 찔렀다. 이를 지켜보던 서두원은 마치 자신의 몸에 칼이 스쳐 지나간 듯 움찔거렸다. 소년은 몇 발자국 더 가지 못하고 쓰러졌다. 진숙은 한 번 더 소년의 등에 칼을 휘두르더니 차로 돌아갔다. 그러고는 수레 같은 것을 가져다가 쓰러진 소년을 싣고 다시 차로 이동했다. 곧이어 진숙의 차에서 시동이 켜지는 소리가 났다. 풀벌레마저 숨죽인 듯 귀가 먹먹한 정적이 이어졌다.

서두원은 핸들에 고개를 박고 있었는데 온몸에서 식은땀이 흘러내렸다. 진숙이 실제로 누군가를 죽이는 장면은 본 것은 처음이었다.

―똑똑똑.

그때 누군가 창문을 두드렸다.

서두원이 잠시 고개를 숙였던 그 찰나에 진숙이 차에서 내려 여기까지 걸어온 것이었다. 서두원은 너무 놀라서 심장이 터질 듯했지만 내색하지 않고 태연하게 창문을 내렸다.

"여보, 내 뒤밟았어?"

진숙이 추궁하며 눈을 크게 뜨자 그녀의 한쪽 눈에 얇은 쌍꺼풀이 생겼다.

"뭐야! 기분 나쁘게. 아무리 부부 사이라도 이렇게 몰래 뒤를 밟고 그러면 어떡해?"

진숙이 간신히 화를 억누르며 달래듯 말했다.

"그리고 전기 충격기는 어디 있어? 아무리 찾아도 없네?"

"그거? 내가 트렁크에 있던 시신 버리면서 저수지에 같이 빠트렸어."

"진짜야?"

"응…."

"거짓말 아니지?"

"내가 왜 거짓말을 하겠어. 아니야…."

"일단은 알겠어. 먼저 집에 가 있어. 나도 금방 들어갈게."

서두원은 아무 말도 못 하고 고개만 끄덕였다.

"어서 가. 난 여보 가는 거 보고 갈 테니까."

서두원이 시동을 켜려다 말고 어렵사리 입을 뗐다.

"진숙아, 대체 왜 이래. 이제 그만하자. 나랑 연수를 생각해서라도."

진숙이 한쪽 입꼬리를 올리고 웃으며 말했다.

"이런 얘기는 이제 안 하기로 했잖아."

"우리 가족, 모든 게 다 무너질 거야."

"여보, 나 이제껏 당신에게 꽤 괜찮은 아내였잖아? 아이한테도 최선을 다했고."

"알아, 알지! 그래서 더 이해가 안 돼. 당신이 왜 이러는지. 우리 행복하잖아."

"모든 사람에게 좋은 사람일 수는 없어. 나도 좋은 아내, 자상한 엄마가 되려면 스트레스를 풀 사람이 필요해."

"뭐?"

"이 스트레스를 당신이나 연수한테 풀 수는 없잖아? 그러길 원해?"

그 말은 들은 서두원이 서둘러 다시 차 시동을 켰다. 그리고 도망치듯 꽁무니를 빼고 달아났다. 기억은 여기까지였다.

정우는 차에서 내렸다. 휴대전화 불빛에 의지해 어둠 속에서 한 걸음씩 내디뎠다. 이 기억이 정확히 언제인지는 알 수 없었지만 정우는 진숙이 살인을 저질렀던 장소까지 걸어갔다.

핏자국과 같은 흔적은 전혀 찾을 수 없었다.

'이진숙은 이곳에 왜 온 거지? 그 빨간 머리카락 소년은 누구며, 왜 이곳에서 도망치고 있었던 걸까.'

정우는 암흑 속에서 언제라도 진숙이 튀어나와 자신을 칼로 난도질할 것 같은 기분에 오금이 저렸다. 그는 바로 현재 위치를 찍어서 인욱에게 전송했다.

[여기서 또 한 번의 살인이 있었어.]

그가 문자를 보내자마자 인욱에게 바로 전화가 걸려 왔다.

"형! 지금 어디예요?"

"나 지금 너한테 위치 찍어 보낸 곳에 있어. 서두원의 기억을 따라 여기까지 왔는데 이곳에서 이진숙이 살인을 저지르는 걸 봤어."

"저도 지금 그 근처예요."

"여기 근처라고? 어떻게 알고 왔는데?"

"지금 이진숙 뒤를 쫓고 있거든요. 아무래도 그쪽으로 가고 있는 것 같아요. 형이 보낸 위치에서 딱 300m 떨어진 거리에 있어요. 이진숙은 택시에서 내려서 지금 걷고 있고요."

"뭐? 그럼 거의 다 왔잖아?"

"어디로 가는지 따라가 보려고요."

"너 혼자야?"

"네."

"오케이, 나는 일단 이 근방에 숨어 있을게."

"몸조심해요."

"너도 안 들키게 조심해."

정우는 나무 사이에 몸을 숨기고 주변을 살폈다. 15분 정도 지났을 무렵 저만치서 사람이 걸어오는 모습이 보였다.

'이진숙이야!'

조금 전에 봤던 기억의 잔상 때문인지 온몸에 털이 곤두섰다.

진숙과 정우와의 거리는 20m가량 떨어져 있었다. 인욱의 모습은 아직 보이지 않았다.

그때 갑자기 진숙이 발걸음을 멈췄다.

'뭐지? 왜 가만히 서 있는 거지? 혹시….'

진숙은 마치 집에 놓고 온 물건이 생각났다는 듯 뒤를 돌아, 왔던 길을 다시 돌아가기 시작했다. 그리고 점차 속도를 높였다.

'젠장! 눈치 챈 거야.'

정우는 급히 인욱에게 전화를 걸었다.

"이진숙이 눈치 챘어. 갑자기 멈춰 서더니 왔던 길로 돌아가고 있다고!"

"어떻게 알았지? 이런…. 좋은 기회였는데!"

이진숙은 자신의 행선지가 노출됐다는 것을 알고 되돌아가고 있었다.

'이대로 그냥 이진숙을 보내 줘야 해?'

정우의 마음속이 복잡했다.

'다신 이런 기회가 없을지도 몰라….'

이진숙은 인적 없는 길을 홀로 걷고 있었다. 정우가 꿈꾸던 완벽한 기회였다. 진숙을 데려와 기억을 이식할 수 있는 절호의 기회.

"인욱아, 우리 오늘 이진숙 잡자."

"….."

인욱도 말은 안 하지만 정우와 정확히 같은 생각을 하고 있었다. 진숙이 원래 가려던 곳까지 미행에 성공했다면 좋았겠지만 이젠 플랜 B가 필요한 시점이었다.

"빨리! 시간이 없어. 곧 네가 있는 쪽으로 갈 거야."

―타닥, 타닥, 타다다닥.

진숙의 다리가 교차하는 속도가 점점 빨라졌다. 발걸음만큼이나 그녀의 호흡도 가빠졌다.

그녀는 귀를 곤두세우고, 눈으로 주위를 빠르게 훑었다. 진숙은 후미진 사각지대에서 자신을 잡으려고 잠복하는 사냥꾼의 환영이 보였다. 아직 확실한 것은 아니었다. 그저 느낌일 뿐.

하지만 대부분, 이런 느낌은 틀리는 법이 없다.

진숙은 주머니에 있던 휴대전화를 꺼냈다. 액정에서 나오는 빛이 그녀의 얼굴을 환히 비췄다.

그녀가 휴대전화 비밀번호를 풀고 키패드에 번호를 누르려는 순간, 인욱이 진숙의 양팔을 비틀며 뒤로 꺾었다. 휴대전화가 땅에 한 번 퉁겨져 멀리 날아갔다.

진숙은 양팔이 뒤로 꺾인 채 고통에 신음하며 허리를 굽혔다. 인욱이 그녀의 손목에 수갑을 채웠다.

"누구야! 너 누구야!"

앙칼진 목소리가 찢어지듯 고막에 박혔다.

찰칵, 수갑이 채워지는 소리가 나자 진숙은 더욱 화가 난 듯 소리쳤다.

"경찰이야? 경찰이 이래도 돼? 막무가내로!"

인욱은 왼쪽 팔뚝을 진숙의 등에 대고, 다른 팔로 그녀의 목을 서서히 조였다. 경동맥을 가격당하면서 순간적으로 혈류가 차단되고, 뇌는 피가 오지 않는다고 인식해 기절시키는 원리였다. 진숙은 버둥거렸지만 이내 의식을 잃었다.

인욱은 기절한 진숙을 한 손으로 번쩍 들어 어깨에 멨다.

'이 작은 사람 안에 들어앉아 살고 있는 악마는 누굴까.'

그때 일정한 간격을 두고 진숙의 뒤를 밟던 정우가 뛰어왔다.

"기절했어요."

"휴우…."

정우는 그 말을 듣고서야 안심이 된다는 듯 한숨을 쉬었다.

"얕봐선 안 돼."

"알아요, 알아. 일단 차에 태우자고요."

차에 탄 인욱과 정우는 아무 말도 하지 않았다. 차 안은 그저 사람이 내뿜는 숨소리로만 가득했다.

"수진이 누나한테는…."

"말하지 말자. 이진숙과 대면하는 게 심리적으로 쉬운 일은 아닐 거야."

인욱은 고개를 끄덕였다. 그리고 수진에게 문자를 보냈다.

[누나, 저 오늘은 좀 늦을 것 같아요.]

[많이 늦어? 그럼 이따 너 오면 야식 먹을까?]

[아뇨. 오늘은 기다리지 말고 먼저 주무세요. 빨래나 집안일도 하지 말고요. 주말에 제가 다 할게요.]

그사이, 차는 정우의 병원 주차장에 도착했다. 인욱이 뒷좌석에 널브러진 진숙을 번쩍 들었다.

어차피 정우 소유의 건물이었으니 CCTV를 신경쓸 필요도 없었다. 현재 건물 CCTV는 녹화를 멈춘 깡통이었다.

정우의 병원 의자엔 기억 이식에 필요한 모든 준비를 마친 이진숙이 앉아 있었다. 그녀는 고개를 떨어트린 채 눈을 감고 있었다.

작은 키에, 자그마한 체구, 친절한 눈매, 상냥한 말투 그리고 한 아이의 엄마. 이런 곁가지들이 그녀는 차마 진범일 수 없다고 그녀를 변호하고 있었다.

정우는 자신의 폭력성과 맹렬히 싸우고 있었다. 잠든 이진숙을 깨우기 위해 필요 이상의 폭력을 쓰고 싶다는 욕구가 치밀었기 때문이다.

인욱은 두꺼운 팔뚝 때문에 잘 끼워지지도 않는 팔짱을 끼고 한 발자국 물러나 있었다.

"이진숙."

정우가 나지막이 그녀의 이름을 불렀다.

"이진숙, 일어나."

역시 아무 반응이 없었다.

정우는 그녀의 뺨을 탁탁 쳤다. 진숙은 정신을 차리지 못했고, 정우는 자신의 손바닥에 닿는 그녀의 볼 촉감이 끔찍하리만큼 싫었다. 정우는 손에 붙은 큰 거미를 떼어 내려는 것처럼 진저리 치며 손을 크게 휘둘렀다.

ㅡ짝.

진숙의 고개가 한쪽으로 완전히 돌아갔다. 그녀가 고통에 신음하며 조금씩 정신을 차렸다.

금세 붉게 부풀어 오른 볼에는 손바닥 자국이 선명했다.

진숙은 고개를 들어 주변을 둘러보더니 온몸이 결박된 채 의료 기기를 주렁주렁 차고 있는 자신의 모습을 살폈다. 그녀는 피식 웃었다.

'웃어? 이런 상황에서 웃음이 나와?'

정우는 경멸하는 눈빛을 숨기지 않았다.

"뭐 할 건데?"

그녀가 여전히 뭔가 재밌는 일이 벌어진다는 듯 비웃으며 물었다.

"대충 예상은 했어. 남편한테 이야기를 듣고 당신에 대해 조사를 좀 했거든. 기억 이식? 뭐 이런 걸 하려는 거야?"

정우는 아무 말도 하지 않고 진숙을 응시했다.

"당신은 나랑 같은 부류야. 당신은 강간범이야."

"뭐?"

정우는 더 이상 진숙의 말을 참아 주기 힘든지 신경질적으로 말했다.

"지금 내 정신을, 내 기억을, 내 의지에 반해서 탐하고 있잖아. 아니야? 나는 이렇게 묶여서 아무런 반항도 하지 못하겠지. 내가 싫다고 하면 안 할 거야? 아니잖아. 그럼 이게 강간이지 뭐야."

"닥쳐! 형, 이런 인간 같지도 않은 살인자 말은 듣지 말아요."

인욱이 진숙의 말을 가로막으며 소리쳤다.

"맞아. 난 네 기억을 이식할 거야. 그래서 네가 연쇄 살인범이고, 우리 지수를 죽인 범인이라는 사실을 밝혀낼 거야."

"지수? 아… 윤지수?"

평정심을 유지하려고 안간힘을 쓰던 정우의 몸이 부들부들 떨렸다. 놀란 인욱이 그에게 다가가 떨리는 어깨를 잡았다.

진숙은 그 모습을 보더니 뭐가 그리 웃긴지 파안대소했다.

"그래, 말해 봐. 윤지수를 어떻게 한 거지? 왜 죽였어!"

그녀는 한참을 또 깔깔대며 웃더니 말했다.

"윤지수는 내가 아니라 당신이 죽였잖아. 아, 너무 웃겨!"

"뭐라고? 너 지금 뭐라고 했어?"

"형! 이 여자 말 듣지 마요. 거짓말이에요!"

인욱이 뱀 같은 진숙의 말을 끊어 내며 말했다.

"거짓말? 거짓말은 누가 했는데? 진실을 말해도 거짓말이라고 하네."

"내가 지수를 죽였다고?"

"뭐야, 기억 안 나? 그날 밤 당신이랑 윤지수는 크게 싸웠어. 그게 몸싸움으로 번졌지."

정우가 그 말을 듣고 멈칫했다. 심장을 오가던 모든 피가 멈춘 듯 온몸이 얼어붙었다. 방금 이진숙의 말은 사실이었다. 그가 되찾은 기억 속에서 정우는 지수와 몸싸움을 벌였다.

인욱이 비틀거리는 정우를 가로막고 진숙의 앞에 섰다.

"닥쳐! 너는 그토록 많은 사람을 잔인하게 죽이면서도, 심지어 전남편도 죽였지. 그래 놓고 지금 모든 죄를 서두원에게 뒤집어씌웠어."

"그것도 틀렸어. 난 뒤집어씌운 적 없어. 지가 스스로 뒤집어쓴 거지. 이건 엄연히 다른 거라고. 그리고 내가 했다는 증거도 없잖아."

인욱은 그녀의 말에 요동하지 않고 이제껏 진숙에게 죽임을 당했던 피해자의 이름과 신상을 읊기 시작했다. 기억 이식에 필요한 기억 활성화 과정이었다. 정작 그걸 듣고 있던 진숙은 콧방귀를 뀌었다.

"이쯤 하면 된 것 같아요. 이제 시작해요. 형! 정신 차려요. 기억 이식을 하고 다시 이진숙을 차에 데려다 놓아야 해요."

"뭐?"

진숙이 인욱의 말을 듣고 아니꼬운 표정을 지었다.

"넌 여기서 일어난 일을 전혀 기억하지 못할 거야. 기억을 지울 거거든. 어때. 기분 엿 같지? 그리고 우린 이식한 기억을 가지고 증거를 찾을 거고, 너도 끝났어."

진숙은 잠시 동공이 흔들렸지만, 다시금 오만한 눈빛으로 돌아왔다.

"그딴 걸로 날 잡을 수 있었다면 진즉에 잡았겠지. 서두원 기억을 뒤지면서 다 나왔어야해. 근데 아니잖아?"

정우는 수면 마취를 하기 위해 말없이 진숙에게 다가갔다.

"차라리 날 죽이면 어때? 뭐 하러 번거롭게 그래. 그럼 진실 따위 알지 않아도 되잖아."

진숙의 말이 뱀 같이 정우의 귓등을 기어갔다. 수면 마취가 시작되고 잠이 드는 순간까지 끝까지 쉬지 않던 그녀의 입술이 조금씩 조용해졌다.

인욱은 기억 이식을 마친 진숙을 그녀의 차가 주차된 곳까지 데려갔다.

진숙은 마치 차에서 깜빡 잠이 들었던 것처럼 운전석에서 눈을 뜰 것이다. 다만 좀 걸리는 게 있다면 깨진 휴대폰 액정. 그리고 여전히 부풀어 있는 그녀의 뺨이었다.

인욱은 차에서 나오기 전에 진숙의 휴대전화를 확인했다. 깨끗했다. 혹시나 해서 살펴본 사진첩에는 화목한 사진만이 가득했을 뿐이었다. 서두원과 이진숙, 그녀의 딸 연수. 셋이서 노란 개나리꽃 앞에서 활짝 웃고 있었다.

'서두원이 김밥을 싸고 있고, 옆에 앉아 김밥을 먹는 것에 열중하는 딸 연수까지. 서두원이 그토록 지키고 싶었던 것이 바로 이런 것들이었을까?'

'허울뿐이지만 완벽한 가정?'

'살인범이긴 하지만 가족에겐 한없이 다정했던 이진숙?'

휴대전화엔 어떤 증거도 없었다. 오로지 추억뿐이었다. 행복을 연기하는 이진숙의 추억.

정우는 텅 빈 사무실에 앉아 있었다. 구역질로 내장에 있는 찌꺼기를 모두 비운 후였다. 그의 귓가엔 진숙의 말이 맴돌았다.

"윤지수는 내가 아니라 당신이 죽였잖아."

채근할수록 기억은 더욱 더디게 왔다. 점차 그를 괴롭히던 진숙의 목소리가 줄어들면서 머릿속에 뭔가 떠오르기 시작했다.

16
놈의 기억

진숙은 떨고 있었다. 얼마 동안이나 이곳에 있었던 건지 기억이 아득했다. 늘 엄마와 함께였는데 이번엔 혼자 갇힌 것이 못내 불만이었다.

진숙은 아빠를 혐오했다. 하긴 누구라도 그랬을 것이다. 바닥에 쭈그려 있던 그녀는 언 다리를 펴고 일어섰다. 네모 모양으로 넓적하고 큰 칼이 보였다. 진숙은 그 칼을 들어서 자신의 얼굴을 비춰 보았다.

어린아이의 모습이었다. 이전에도 기억 속에서 본 적이 있었다.

진숙은 그 칼을 들었다. 어린 소녀가 한 손으로 들기엔 너무 무거웠다. 아이는 두리번거리더니 한 손에 들어오는 가벼운 칼을 잡았다. 그리고 꼬챙이에 매달려 있는 돼지 몸통 앞으로 갔다. 돼지는 내장이 모두 빈 채 정확히 반으로 나뉘어 있었다.

손에 든 칼로 돼지를 푹 찔렀다. 생각보다 깊이 들어가지 않았다. 껍질이 두꺼운 탓이었다. 아이는 척추로 보이는 가운데 큰 뼈를 피해서 칼로 살을 쑤셨다. 칼을 쥐고 있던 아이의 손에서 피가 흘렀지만 아랑곳하지 않았다. 그때 누군가 들어오는 소리가 났다.

"아씨… 망했다."

아이는 너무 놀라 칼을 바닥에 떨어트렸다. 서툰 칼 놀림으로 인해 다친 손에서 피가 뚝뚝 흘렀다.

들어온 사람은 진숙의 아빠였다. 화를 낼 거라는 생각과 달리 그는 난자당한 돼지와 그녀의 손, 바닥에 떨어진 피를 순서대로 바라보았다.

"여기로 와 봐."

"…."

그는 반으로 나눠진 통돼지를 도마 위에 올려놓더니 시범을 보였다. 별다른 말은 하지 않았다. 손바닥만 한 칼이 현란하게 돼지의 살과 뼈 사이에서 춤을 췄다. 마치 훌륭한 댄서의 자이브나 탱고를 보는 기분이 들었다. 때론 둥그렇게, 때론 직선과 곡선으로 과감하면서도 열정적인 동작이 끝나자 넓적다리가 툭하고 몸통에서 떨어져 나왔다.

"오."

아이의 입가에서 자신도 모르게 감탄사가 흘러나왔다. 그 모습을 보고 피식 웃던 진숙의 아빠는 이번에는 반쪽짜리가 아닌 머리가 달린 통돼지를 들고 나왔다. 그러고는 목에 칼을 부드럽게 집어넣으며 또 한 번의 현란한 움직임을 보였다. 이번엔 돼지의 목이 툭 떨어졌다.

그토록 혐오하던 아빠였는데, 진숙은 난생처음으로 아빠가 존경스러웠다. 아이는 그제야 알게 되었다. 자신은 아빠와 많이 닮았음을.

✦

"형! 괜찮아요?"

사무실에 돌아온 인욱이 정우를 몇 번이나 불렀지만 그는 듣지 못했다.

"어? 언제 왔어?"

"기억이 좀 난 거예요? 저 한참 전에 들어왔는데."

기억은 점점 현실보다 더 리얼해져 갔고, 기억과 현실의 구분은 점점 흐려져갔다. 마치 기억이 흐르는 동안은 정우의 현실은 멈추는 기분이랄까. 웬만하면 잘 들리지 않았고, 잘 보이지도 않았다. 그저 머릿속에 흘러가는 강렬한 기억에 빠져들 뿐이었다.

'이러다간 내 기억은 흐릿해지고 서두원과 이진숙의 기억만 남을지도….'

정우는 두려웠지만 어쩔 수 없었다. 이제 거의 다 왔으니까.

그의 표정을 읽었는지 인욱이 갑자기 정우를 와락 껴안았다.

"야…. 징그럽게 뭐야."

"그냥 한번 이렇게 안아 주고 싶었어요."

"됐어. 얼른 가."

덩치가 산만 한 놈이 안기는 게 정우도 마냥 싫지는 않았다.

"혼자 있어도 괜찮겠어요?"

"응. 그게 편해. 어서 가라니까? 수진이 기다리겠다."

"알겠어요."

"너 수진이랑… 맞지?"

갑작스런 정우의 질문에 인욱이 멋쩍게 웃으며 살짝 자리를 피했다.

"아니에요, 그런 거."

정우는 책상 위에 놓인 액자를 가져왔다. 노란 개나리 앞에서 환하게 웃고 있는 정우와 지수 그리고 수아. 세 가족의 모습이 보였다. 액자 위로 눈물이 툭툭 떨어졌다.

"지수야, 내가 널 죽였을 리가 없잖아. 지금도 널 이렇게 사랑하는데…. 널 아프게 한 내가 이렇게도 끔찍한데. 수아만 아니면 나도 널 따라가고 싶어. 그래서 너한테 직접 묻고 싶어. 무슨 일이 있었던 건지. 내가 널 얼마나 아프게 했는지. 날 용서할 수 있는지…. 그리고 단 한 번만이라도 말하고 싶어. 사랑한다고."

정우는 어느새 무릎을 꿇고, 액자를 가슴에 품었다. 액자 틈새로 눈물이 스며들었다.

하지만 이런 감상도 사치라는 듯이 귓가에 형편없는 실력의 휘파람 소리가 들려왔다. 진숙의 또 다른 기억이 찾아온 것이었다.

✦

넓고 푸른 마당에서 아이들이 뛰어놀고 있었다.

진숙은 멀리서 그 모습을 흐뭇하게 바라보았다. 주변엔 옆 동에 살던 손영희 씨와 그 남편이 있었다. 함께 펜션에 놀러 온 것 같았다. 손영희가 장 본 것들을 정리하면서 말했다.

"아이고! 상추랑 쌈장이 빠졌네. 어떡해!"

"그래? 내가 지금 가서 사 올게."

호들갑 떠는 영희에게 진숙이 말했다.

"여보, 내가 갔다 올게."

진숙의 말을 듣고 서두원이 끼어들어 말했다.

"아니야, 자긴 애들이랑 놀아야지. 같이 축구하기로 했다면서."

진숙은 펜션 마당 구석에 놓인 작은 골대를 가리켰다.

"금방 다녀올게. 놀고 있어."

진숙은 혼자 차를 몰고 근처 마트로 향했다. 펜션이 워낙 시골에 있었던 터라 차로 20분 정도 나가야 했다. 동네 마트에서 장을 보고 있던 진숙의 눈에 덩치 좋은 남자 1명이 눈에 띄었다. 강호식이었다.

7부 바지 밑으로 종아리에 붉은 잉어 문신이 보였고, 민소매에 검정 모자를 푹 눌러쓰고 있었다. 진숙은 속으로 군침을 흘렸다.

'와…. 저거 썰면 팔 좀 아프겠다.'

진숙은 어느새 그 남자 뒤꽁무니를 따라다니고 있었다. 그녀는 점점 더 강하고 큰 사냥감을 원했다. 그녀는 어깨에 둘러메고 있던 가방 안에 손을 넣었다. 뭔가 만져졌다. 인터넷으로 구매한 자작 전기 충격기였다.

'이거 잘만 쓰면 잡을 수도 있을 것 같은데?'

그런데 강호식을 쫓다 보니 이상한 점이 발견되었다.

'뭐야? 어째 사는 물건들이 다 청테이프… 김장 포대… 검은 비닐, 그리고 목장갑.'

그녀는 피식 웃었다.

'너무 티 나잖아. 집에 시신이라도 있는 거야?'

호기심이 발동한 진숙은 점점 대담하게 강호식의 주변을 맴돌았다. 진숙은 장을 보고 어디론가 걸어가는 강호식의 뒤를 따라갔다. 꽤 거리를 붙였는데도 강호식은 전혀 눈치를 못 챘다. 하긴 누가 봐도 이진숙은 경계할 만한 사람이 아니었다.

—삐삐삐삐삑.

강호식이 골목 사이에 있는 허름한 집에 들어가기 위해 도어
락 비밀번호를 눌렀다. 문이 열리는 순간 그 틈으로 그녀가 몸
을 들이밀었다. 강호식이 신발을 벗으려고 몸을 웅크리자 진숙
이 그의 뒷목에 전기 충격기를 가져다 댔다.

"읍, 흡!"

강호식은 저항 한 번 하지 못하고 그 자리에서 쓰러졌다. 진
숙이 전기 충격기의 위력에 감탄하고 있는데 방구석 안쪽에서
흐느끼는 소리가 들렸다. 교복을 입은 앳된 여자아이가 양손과
발이 케이블 타이에 묶인 채 바닥에 누워 있었다. 아이는 온몸
을 최대한 비틀며 도움을 요청하고 있었다.

'설마설마했더니… 진짜 있네?'

진숙이 방 안으로 뚜벅뚜벅 걸어 들어갔다.

"읍흡흡큼."

알아들을 수 없는 소녀의 신음이 들렸다. 흐르는 눈물이 반사
되어 아이의 눈이 더욱 빛났다. 진숙은 소녀의 눈빛에서 절박
함, 그리고 안도와 희망을 엿볼 수 있었다.

"목격자가 생겼네?"

진숙이 소녀의 바로 앞에 서서 덤덤하게 말했다.

그녀는 무표정한 얼굴로 지유의 목덜미에 전기 충격기를 가
했다. 그렇게 아이는 절망 속에서 희망을 발견하자마자 죽었다.

시체를 처리하는 시골집이 멀지 않은 곳에 있었다. 진숙은 두
사람을 차에 실어서 은신처에 옮기고, 서둘러 펜션으로 돌아갔

다. 날은 이미 저물었고, 모두 모여 마당에서 고기를 굽고 있었
다. 차에서 내리자마자 돼지기름 냄새가 코를 찔렀다.

"왜 이렇게 늦었어!"

서두원이 걱정 어린 눈빛을 보내며 진숙에게 다가갔다.

"미안! 근처에 있는 마트가 문을 닫아서 좀 멀리 갔다 왔지."

펜션에서 지내는 1박 2일 동안 진숙의 머릿속엔 온통 시골집
에 둔 사냥감 생각뿐이었다.

집에 돌아간 후 그녀는 서둘러 다시 시골집으로 향했다. 그리
고 마음껏 시신을 처리했는데, 서두원이 사후 처리를 맡아 줄
것이라는 생각 때문이었다.

서두원은 진숙이 저지른 몇 번의 살인에도 여전히 아무것도
묻지 않고 시신을 유기했다. 심지어 아는 형님에게 부탁해 시
신을 훼손할 은밀한 장소까지 마련해 주었으니 더할 나위 없이
좋았다.

여느 날처럼 진숙은 강호식과 김지유, 두 구의 시체를 차에
싣고 서두원에게 갔다.

"여보, 오늘 버려야 할 게 있는데 부탁 좀 해도 될까?"

진숙이 넌지시 이야기를 건넸다. 서두원은 말의 의미를 단박
에 알아들었다. 그런데 이전과 다르게 그녀의 말을 듣고도 서
두원은 아무런 대꾸를 하지 않았다. 그리고 점점 표정이 굳어
졌다.

"여보? 왜 그래?"

"진숙아."

"응."

"이제 더는 안 돼."

"뭐?"

"나 너무 불안해. 혹시라도 경찰에 잡히면 우리 가족은….”

진숙은 순간적으로 나약했던 첫 남편이 떠올라 짜증이 솟구쳤다.

"왜, 하기 싫어서 그래?"

"….”

"경찰에 잡힐 일 없어. 당신이 이제까지 했던 것처럼 제대로 잘 버려만 준다면. 그것 말고는 나는 증거를 남기지 않으니까."

서두원도 처음엔 불가피하게 일어난 사고일지도 모른다고 생각했다. 하지만 진숙은 잊을 만하면 끔찍하게 훼손된 시신을 들고 왔다. 더 이상 그녀는 울고불고하는 연기조차 하지 않았다. 그저 음식물 쓰레기나 분리수거를 해 달라는 것처럼 넌지시 말을 건넬 뿐이었다.

"진숙아, 나한테는 뭐든 이야기해도 돼. 내가 도와줄게."

"도와준다니 그게 무슨 말이야? 내가 병에라도 걸렸다는 뜻이야?"

"아니, 내 말은….”

"하기 싫으면 관둬. 내가 하면 되니까."

"아니야…. 내가 해. 다녀올게."

서두원은 날 선 그녀의 눈빛을 애써 피하며 진숙에게 차 키를 받았다.

"뒷좌석에 있으니까 그거 가지고 당신 차로 움직여. 오늘 내 차는 쓸 일이 있어."

진숙은 트렁크에 있는 여중생의 시신에 대해서는 말하지 않았다. 서두원이 흔들리고 있다. 혹시라도 여중생 시신을 보는 순간 더욱 마음이 약해질 수도 있겠다는 생각이 들었다. 김 양은 중학생이긴 했지만 체구가 작은 편이었고, 딸 연수와 키나 몸무게가 비슷했다. 짧은 단발머리까지 닮아 있었다.

진숙은 차 뒷좌석에서 강호식의 시신이 담긴 가방을 자신의 차로 옮기는 서두원을 지켜보았다.

"당신에게 좋은 아내, 딸에게 너그러운 엄마가 되려면 나도 풀 곳이 필요해. 말했지? 모두에게 좋은 사람이 될 수는 없다고."

서두원은 묵묵히 그녀의 말을 듣더니 강호식의 시신을 싣고 어디론가 떠났다.

"어쩔 수 없이 이건 내가 치워야겠네. 아…. 짜증나!"

진숙에게 시신을 처리하는 것은 너무 무겁고, 지치고, 더럽고, 짜증 나는 일이었다. 이곳저곳 헤매던 그녀는 결국 인적이 없는 갈대숲에 김 양의 시신을 버리고 달아났다. 한 장소에서 죽은 강호식과 김지유의 시체 유기 방식이 달랐던 이유다.

머리가 깨질 듯이 아픈 와중에 휴대전화 벨소리가 울렸다.

"장모님!"

"이제 곧 비행기 타네. 한국 시각으론 내일모레 새벽에 도착해."

정우는 그제야 자신이 수아와 장모님의 입국 날짜를 잊고 있었다는 것을 깨달았다.

"네, 조심히 오세요. 수아는요?"

"그간 사촌들이랑 정이 많이 들었는지 헤어지는 게 못내 아쉽나 봐. 인사가 길어지네."

"긴 비행이라 힘드시겠어요. 건강히 오세요."

"이제 복잡한 상황이란 건 좀 해결된 거야?"

"거의요. 걱정 마세요. 괜찮아요."

수아의 학교는 진즉에 개강했다. 수업 일수 때문에 더는 귀국을 늦출 수 없었다. 무엇보다 수아가 한국에 돌아오길 간절히 바랐다.

'후우…. 수아 입국 날짜도 까먹다니. 나 정말 정신을 어디다 놔두고 사는 거야.'

그때 휴대전화에서 수아의 목소리가 들렸다.

"아빠!"

"우리 딸, 드디어 보네. 너무 보고 싶다."

"나는 아빠가 자꾸 한국에 못 오게 해서 나 안 보고 싶은 줄 알았는데."

"그럴 리가 있어? 우리 딸 없이 아빠가 어떻게 살라고."

"곧 만나! 내 생일 잊진 않았겠지?"

"그럼! 한국 오면 같이 생일 케이크 자르자. 조심히 와. 할머니 잘 챙겨드리고."

"우린 걱정 마."

정우는 제법 어른스러운 수아의 모습 때문인지 눈시울을 붉혔다. 수아가 한국에 도착하는 날이 수아의 생일이었다.

'수아의 생일…. 지수가 수아를 낳은 날.'

정우는 26시간을 넘기는 긴 진통으로 기진맥진해진 지수의 얼굴을 떠올렸다. 온몸에 땀이 비 오듯이 흘러내려도 오직 뱃속의 아이만 걱정하던 지수였다.

정우가 지수를 떠올리는 와중에 문득 타는 냄새와 함께 어떤 기억이 비집고 들어왔다.

✦

지수는 생일 케이크 앞에 앉아 있었다.

그녀는 피곤하고 지쳐 보였지만 입가엔 미소를 짓고 있었다. 거실 불을 끄자 지수의 눈동자 속에 촛불이 더욱 반짝거렸다.

"생일 축하해."

"고마워요, 언니."

"이런 날에 남편은 어딨어?"

"요즘 일 때문에 바빠요. 몇 달째 집에 못 왔어요."

"너무하네. 그래도 생일인데."

"아니에요. 생일이 뭐 별거라고…. 암튼 고마워요."

지수의 얼굴에 쓸쓸한 내색이 잠시 비쳤다 사라졌다.

자신의 집에서 지수의 생일을 챙기고 있는 사람은 정우가 아닌 진숙이었다.

진숙은 케이크를 잘라서 접시에 사이좋게 나눠 담았다. 지수는 그동안 주방서 커피를 내렸다.

"수아는?"

"학원에 갔어요. 곧 올 거예요."

"요즘 지수 씨 안색이 안 좋네. 상담에도 잘 안 나오고. 무슨 일 있는 거야?"

진숙은 정말 지수를 걱정이라도 하는 것처럼 다정하게 물었다. 진심으로 안타까운 듯 이마에 물결치는 주름까지 만드는 연기가 일품이었다.

"그냥 좀 울적하긴 한데… 별거 아니에요."

"남편도 알아? 지수 씨 상담받는 거?"

"아뇨. 남편은 몰라요. 모르게 하고 싶어요. 걱정할지도 모르고 창피하기도 하고요. 언닌요?"

"나는 알아. 실은 남편이 먼저 나더러 상담을 해 보는 게 어떠냐고 권해서 어쩔 수 없이 시작한 거야. 솔직히 처음엔 기분 나빴지. 날 좀 비정상 취급하는 것 같고…."

"남편은 그저 언니 생각해서 그런 거겠죠."

"아무튼 남편 비위나 좀 맞춰 줄 생각으로 다닌 거야. 근데 덕분에 지수 씨같이 좋은 사람도 만나고 결과적으론 좋았지."

"남편이 섬세하게 잘 챙겨 주네요. 전 부럽기만 한데요."

"글쎄? 요즘 보면 날 좀 무서워하는 것 같아."

"무서워해요? 누굴요? 언니를? 에이, 그럴 리가요."

둘은 잠시 말없이 따뜻한 커피를 홀짝거렸다.

지수는 진숙을 많이 친근하게 여겼음이 분명했다. 집에 초대하고 생일도 단둘이서 같이 보낼 정도였으니. 그리고 지수가 제일 좋아하는 찻잔을 굳이 꺼내 온 것만 봐도 그랬다.

✦

정우는 경찰서 앞에서 인욱을 기다리며 돌로 된 화단 위에 앉아 있었다. 얼마 지나지 않아 커다란 덩치를 위아래로 육중하게 흔들며 인욱이 뛰어나왔다.

'자식, 인제 보니 덩치가 더 커졌네.'

연초에 조폭에게 칼 맞고 트라우마가 생겼을 때와 비교하면, 인욱의 몸은 더 크고 단단해져 있었다. '녀석은 공포를 이겼구나.' 찰나지만 대견한 마음이 스쳐 지나갔다.

"형! 많이 기다렸어요? 어서 들어가요."

인욱이 작은 조사실 안으로 정우를 데려갔다.

"형이 기억에서 봤다던 피해자요. 머리카락이 붉은 색이었다던."

"응. 어렸어. 중학생 정도로 보였는데."

"제가 그 말을 듣고 최근 실종 신고 처리된 10대 청소년 사진을 싹 다 찾았거든요."

인욱이 모니터로 사진을 띄웠다.

"이 중에는 실종됐다기보다 가출한 녀석들이 대다수예요. 애가 하도 집에 들어오질 않으니까 살아 있나 싶기도 하고, 찾을 요량으로 부모가 실종 신고를 하는 거죠. 그마저도 안 하는 무관심한 부모도 있지만요."

정우가 수십 장의 사진을 넘겨 보다가 한 장의 사진에서 시선을 멈췄다.

"어?"

머리카락을 빡빡 깎은 아이였다. 머리 색깔은 검은색이었지만 분명 인상이 흡사했다. 그는 헤드라이트에 비친 겁에 질렸던 아이의 표정을 떠올렸다. 볼에 심하게 난 여드름, 위로 올라간 눈매, 볼이 해쓱하게 들어갔던 아이.

"염색 전인 것 같긴 한데, 인상을 보니까 이 아이가 맞는 것 같아."

"음…. 이 친구 이름은 강형우예요. 제가 미리 조사했는데 이 친구는 3일 전에 휴대전화를 켠 적이 있어요. 그래서 어디서 사고 치고 숨었나 했거든요. 만약에 이 아이가 피해자가 맞는다면, 그럼 휴대전화는 누가 켠 거죠?"

"이 아이는 죽었어. 이진숙 손에. 그럼 휴대전화는….”

"설마 이진숙이?"

"이진숙이 켰을지도 모르지. 그때 누구랑 연락했는지 확인했어?"

"네, 여동생이요.”

"그 여자애 지금 연락돼?"

"아뇨. 안 그래도 연락해 봤는데 안 받아요.”

"그 여자아이도 위험해. 만약 3일 전에 이진숙이 이 아이와 접촉해서 만났다면….”

"어쩌면 벌써 죽었을지도 모르겠네요. 이런….”

인욱이 상상만으로도 괴로운 듯 양손으로 머리를 감쌌다.

"일단 철호에게 여학생 행방을 알아보라고 할게요.”

"아! 그리고 너한테 전할 좋은 소식이 있어,”

"좋은 소식이요? 뭐든 말해 봐요. 저 지금 너무 절망적이에요.”

"드디어 목격자를 찾은 것 같거든.”

"목격자요? 누군데요! 뭐가 또 기억이 난 거예요?"

정우는 경찰서에 오는 길에 잠시 이진숙의 기억이 났다. 진숙이 우연히 시장 어귀에서 치매 할머니를 만났을 때의 일이었다.

"이진숙은 우연히 떡집 할머니를 만났어. 쇠약하고 심지어 치매 증상까지 있는 것을 본 거지. 이쯤 되면 이진숙이 이런 먹잇감을 놓치는 게 더 이상한 상황이었던 거야."

"목격자는 누군데요?"

"이진숙이 치매 할머니를 차에 태우려는데 택시 기사가 아는 척을 했어. 치매 할머니와 아는 사이인 것 같더라고."

"그럼 치매 할머니가 사라졌던 날, 이진숙이 최초로 할머니를 납치하는 걸 그 사람이 본 거네요?"

"맞아. 택시 기사 이정출. 이 사람을 찾아야 해."

"택시 기사에 이름까지 정확하다면 찾는 건 금방이에요. 잠시만 기다려요. 교통과에 있는 후배한테 연락해서 바로 찾아볼게요."

인욱이 나가 있는 동안 정우는 모니터에 띄어진 앳된 소년을 바라봤다.

'미안해. 너무, 너무 늦었어. 이미 이진숙의 기억에서 네가 죽는 모습을 봤어.'

기억을 보는 게 마치 전능한 일처럼 느껴진 적도 있었다. 하지만 현실은 오히려 그 반대였다. 기억을 보는 일로는 그 어떤 일도 막을 수 없었다. 되레 무기력하게 느껴질 뿐이었다.

기억을 보면 진실을 관통할 수 있을 거로 생각했지만 그마저도 착각이었다. 기억은 늘 한쪽 면만을 보여 준다. 자꾸 단면만

보다 보면 진실을 대하는 태도가 무너진다. 막상 진실이 눈앞에 있어도 보지 못하게 되는 것이다.

생각에 잠겨 있는데 인욱이 30분도 채 지나지 않아 조사실로 되돌아왔다.

"형! 찾았어요. 근데…."

인욱이 평소답지 않게 말끝을 괜히 길게 끌었다.

"근데?"

"이정출 씨 일주일 전에 교통사고로 사망했대요."

"뭐, 뭐라고?"

"일단 지금 가서 유가족이라도 만나 봐야겠어요. 제가 만나보고 나서 연락할게요."

경찰서에서 인욱과 헤어진 정우는 홀린 듯이 소년이 죽었던 곳으로 향했다. 어둑어둑해지기 직전 검붉은 저녁 빛이 세상에 깔렸다. 인욱의 말대로 그 일대에는 사람이 사는 흔적이 없었다.

정우는 정처 없이 걷다가 낡은 주택에 불이 밝혀져 있는 것을 발견했다. 범죄 현장에서 1km 정도 떨어진 곳이었다. 장독대처럼 빛바랜 자주색 지붕의 낡은 주택이었다. 언뜻 겉에서 보면 폐가 같아 보이기도 했지만 분명 안에선 불빛이 새어 나왔다.

"누가 살고 있는 것 같은데…."

그는 현관문 바깥쪽에 조용히 몸을 숨겼다. 그때 인기척도 없이 누군가 갑자기 현관문을 활짝 열었다. 잔뜩 긴장해 있던 정우는 너무 놀라 비명을 지를 뻔했다. 그의 앞엔 연로해 보이는 할머니가 서 있었다.

"누군데 남의 집 앞에 있어!"

정우는 고개를 꾸벅 숙이며 인사를 했다.

"할머니, 여기 사시는 거예요?"

"뭐라고?"

"할머니! 여기 사세요?"

"뭐? 뭐라고?"

"할머니! 여, 기, 사, 세, 요?"

정우는 잘 듣지 못하는 할머니에게 한 음절씩 고함을 지르듯 말했다.

"밥 먹었냐고? 그건 왜 물어?"

정우는 결국 포기하고 휴대전화를 꺼내 문자를 적었다.

[할머니, 여기 사세요?]

할머니가 문자를 보더니 말했다.

"응, 그건 왜?"

[여기 혼자 사세요?]

"그래, 혼자여. 우리 할아방 죽고 혼자여. 여기 사람들 다 떠났는데 나는 계속 여기 살아. 이제 죽을 날도 얼마 안 남았는데 어딜 가겠어. 여기 있어야지."

할머니는 혼잣말하듯 중얼거렸다.

[여기서 오가는 사람 본 적 있으세요? 젊은 여자라든가, 어린아이라든가.]

"말했잖아. 여긴 사람 안 산다고. 여기 나만 있어."

[혼자 계시면 적적하진 않으세요?]

"다 늙어서 적적하긴 무얼⋯. 그런 건 왜 물어! 얼른 가. 귀찮게."

그 시각, 인욱은 택시 기사 이정출의 아들과 연락이 닿아서 만나고 있었다.

"삼가 고인의 명복을 빕니다. 허망하게 아버님을 보내셔서 마음이 많이 힘드실 줄 압니다."

인욱이 그에게 예의를 갖추며 말했다. 이정출의 아들도 그런 인욱의 태도에 조금씩 마음을 열며 이야기를 이어 갔다.

"아버지는 음주 운전 차량에 치여 현장에서 바로 돌아가셨어요. 운전자는 아버지가 크게 다친 걸 보고도 그대로 도망쳤고요."

빵소니범 용의자는 이정출의 택시에 설치된 블랙박스에 얼굴이 선명하게 찍히면서 도주 당일 검거됐다.

"아버지는 늘 말씀하셨거든요. 택시 운전사는 범죄의 주체가 되기도, 범죄의 피해 대상이 되기도 쉬운 직업이니까 늘 만반의 준비를 해야 한다고요."

"그렇군요."

"차 안팎으로 고성능 블랙박스를 설치하셨고 늘 백업을 했어요. 사람 일은 모르는 거라면서요. 이번에 빵소니범도 덕분에 빨리 검거했다고 하더군요."

"그 백업한 영상을 좀 볼 수 있을까요? 거기에 제가 찾고 있는 범인이 찍혔을 수도 있거든요."

"범인이요? 어떤 범인인데요?"

"연쇄 살인범이요."

예상치 못했던 이야기를 들은 이정출의 아들은 놀라서 머뭇거렸다.

"여기 컴퓨터에 있어요."

인욱은 치매 할머니가 하루 종일 사라졌던 날짜를 찾았다. 당일 영상을 찾아 빨리 감기를 하던 인욱이 한 장면에서 영상을 멈췄다.

"어? 어? 뭐야!"

"찾으신 건가요?"

인욱의 양팔에 닭살이 돋았다. 영상에는 이진숙이 치매 할머니를 부축해 자신의 차에 태우는 장면이 고스란히 담겨 있었다.

이정출은 치매 할머니와 평소 아는 사이였다. 그는 우연히 시장 주차장 쪽에서 치매 할머니를 보고 다가가 인사를 건넸다.

"할매! 시장 나들이 오셨나 보네요!"

할머니는 그를 전혀 기억하지 못하는지 텅 빈 눈을 씀벅거렸다. 이정출이 할머니를 부축하고 있는 진숙을 보며 물었다.

"누구?"

"전 간병인이에요. 그럼 이만."

이진숙은 조금 당황한 듯 보였지만 자신을 할머니의 간병인으로 소개하며 차에 태웠다.

"이정출이! 나 저기 사거리까지만 태워 줘!"

마침 평소 알고 지내던 형님이 이정출의 택시 앞에서 그를 불렀다.

"걸어가지 뭘 태워 달라고."

이정출은 진숙이 차를 타고 떠나는 모습을 지켜보았다.

그의 음성은 영상 안에 또렷이 녹음되어 있었다.

"진짜 간병인 맞나? 저 여자, 눈깔이 좀 이상한데."

인욱은 CCTV 영상 원본을 챙겼다. 목격자가 살아 있어서 직접 증언을 했더라면 좋았겠지만, 다행히 영상으로라도 남아 있었다. 이날 치매 할머니를 최초로 차에 태웠던 것은 서두원이 아닌 이진숙이었다는 사실이.

인욱은 블랙박스에 이진숙이 치매 할머니를 태우는 모습이 찍힌 것을 확인하고, 그녀를 바로 경찰서로 불렀다. 이제 더는 이진숙의 조사를 미룰 이유가 없었다.

진숙은 아무도 없는 조사실에 30분째 앉아 있었다.

"어유, 미안합니다. 급히 처리해야 할 일이 있어서 좀 늦었네요."

일부러 진숙을 기다리게 했던 인욱은 긴장한 내색을 감추고 조사실로 들어섰다.

"아뇨, 괜찮습니다."

진숙은 여유가 넘치는 미소를 지으며 친절하게 답했다.

"남편분이 지금 연쇄 살인 혐의를 받고 있어요. 알고 계시죠?"

인욱은 본론으로 들어가지 않고 말주변을 돌며 그녀의 반응을 살폈다.

"네."

"그럼 이진숙 씨도 서두원 씨가 범인이라고 인정하시는 겁니까?"

"남편이 스스로 그렇게 말했다면서요."

"그럼 서두원 씨가 이제껏 범행을 저질러 온 사실을 전혀 몰랐다는 말인가요?"

"몰랐어요, 전혀. 남편이 감쪽같이 절 속였어요. 사실 지금도 믿기지 않아요. 그렇게 다정하고 착한 사람이 그런 짓을 저질렀다는 게."

흐트러짐 없던 그녀의 목소리가 때맞춰 파르르 떨렸다.

"남편의 범행을 전혀 몰랐다, 이 말이군요."

"네, 그렇다니까요."

인욱은 그제야 노트북에 담긴 택시 블랙박스 영상을 이진숙 쪽으로 돌려 보여 주었다.

전혀 예상치도 못했던 영상이 진숙의 앞에서 흘러갔다. 처음엔 '이게 뭐지?' 싶었던 진숙의 눈빛이 영상을 모두 본 후에는 싸늘하게 변해 있었다.

"이 영상 알아보겠어요? 이진숙 씨가 이영심 씨를 차에 태우는 모습이에요. 이영심 씨, 누군지 알죠?"

진숙은 신중을 기하며 한동안 침묵을 지켰다.

"네, 알아요."

"누구죠?"

"제가 어렸을 때 부모님이 시장에서 정육점을 했어요. 그때 같이 시장에서 떡집을 하시던 분이에요."

"이날 왜 이영심 씨를 차에 태운 거죠?"

"할머니가 치매가 있으신지 오락가락하신 것 같아서 집에 모셔다드리려고 한 거예요. 그게 잘못인가요? 모르는 분도 아니고, 전 친절을 베푼 것뿐인데."

"친절, 친절이라."

"뭐 문제 있나요?"

"이진숙 씨가 이영심 씨를 차에 태운 게 오후 4시 반이에요. 다음에 볼 영상은 정확히 2시간 후에 블랙박스에 찍힌 모습이고요."

인욱은 이번엔 다른 블랙박스 영상을 틀며, 마치 내레이션 음성처럼 나지막이 말했다.

"이날 저녁, 서두원 씨는 우연히 집에 가다가 옆 동에 거주하는 손영희 씨를 만나죠. 손영희 씨는 지난번에 당신의 차에 실었던 아이의 킥보드를 달라고 합니다. 서두원 씨는 알겠다고 하고, 마침 차 키를 갖고 있었기 때문에 차에서 킥보드를 꺼내 주려고 했어요. 여기까지 모두 손영희 씨가 증언한 내용이에요. 블랙박스에 찍힌 영상을 보시면, 실제로 서두원 씨는 킥보드를 찾기 위해 앞좌석 뒷좌석을 샅샅이 살펴봅니다. 킥보드가 그 어디에도 없자 결국 트렁크를 열었죠. 트렁크에 뭐가 들었는지도 모른 채 말이죠. 만약 트렁크에 사람이 들어 있는 줄 알았다면, 옆 동 여자가 있는 앞에서 버젓이 트렁크를 열지는 않았을 거예요. 그렇죠?"

영상에는 서두원이 손영희가 보는 앞에서 태연하게 트렁크를 열고, 그 안에 담긴 시신을 보며 놀라는 모습이 담겨 있었다. 시신을 본 손영희 역시 소스라치게 놀라며 주저앉았고, 천천히 뒤로 물러섰다.

"이게 당신이 이영심 씨를 차에 태운 후 2시간이 지난 후에 벌어진 일이에요. 당신이 집에 잘 데려다줬다고 했는데 왜 이영심 씨가 당신 차 트렁크에 있었던 거죠?"

이진숙은 아무 표정도 짓지 않은 채 노트북 영상에서 눈을 떼지 못했다. 이 두 영상 모두 예상하지 못했던 게 틀림없었다.

"당신이 데려갔잖아! 서두원은 트렁크에 사람이 있는지조차 몰랐을 테고. 그러니까 거리낌 없이 다른 사람이 보는 앞에서 트렁크를 열었겠지."

"형사님, 형사님은 지금 죄 없는 사람에게 윽박지르고 있어요. 아세요?"

차분히 인욱의 말을 듣고 있던 진숙이 굳은 표정으로 인욱을 노려보았다.

"뭐요?"

"저도 피해자라고요."

"피해자?"

"저도 남편에게 협박을 당해서 어쩔 수 없었어요."

"지금 협박이라고 했습니까?"

"남편이 시켜서 어쩔 수 없이 한 행동이라고요. 자기 말대로 하지 않으면 절 죽이겠다고 했어요. 제 딸도요. 가서 저희 남편에게 물어보세요. 그럼 제 말이 맞는다고 할걸요?"

인욱은 그녀의 뻔뻔스러움에 순간적으로 말문이 막혔다.

"연쇄 살인마인 남편이 협박하는데 제가 당해 낼 재간이 있나요? 저도 피해자예요. 경찰이 피해자를 지켜 주지는 못할망정 이렇게 몰아세우다니. 마치 공범이라도 되는 것처럼! 하, 이렇게 됐으니 말할 수밖에 없겠네요. 저는 아주 오랜 시간 남편에게 협박을 당했어요. 남편이 밖에서 뭔가 잘못된 일을 하는 걸 눈치챘지만 경찰에 신고하면 저와 제 딸을 죽이겠다고 했어요."

인욱은 표정 하나 바뀌지 않고 거짓말을 하는 진숙에게 차분히 대응하려고 노력했다.

"그럼 서두원이 이영심 씨를 데려오라고 하던가요?"

"그냥 아무나 데려오라고 했어요. 데려갔더니 전기 충격기로 기절시키고 트렁크에 뒀어요. 저는 무서워서 그냥 보고만 있고요."

인욱은 그녀의 황당한 주장에 헛웃음을 터뜨렸다.

"형사님, 제가 남편에게 협박을 당한 일이 웃을 일인가요? 왜 웃죠?"

"모르시나 본데 이영심 씨는 버젓이 살아 있어요. 이게 사건 당일 저수지에서 찍힌 CCTV 영상입니다."

인욱은 3번째 영상을 재생했다.

"서두원이 트렁크에 있던 이영심 씨를 조수석에 태우고 저수지를 나가는 영상이죠. 당신 말대로 서두원이 이영심을 죽일 생각이었다면 왜 저수지에 데려갔다가 다시 집에 데려다준 거죠?"

"이봐요! 그걸 왜 나한테 물어요? 남편한테 물어봐요. 내가 어떻게 알아!"

순간이지만 이진숙의 본 모습이 나왔다. 진숙은 이영심이 살아 있다는 사실에 놀란 눈치였다. 진숙은 서두원이 이영심을 무사히 집에 데려다줬을 거라곤 상상조차 하지 못했다. 계속해서 피해자 행세를 하던 그녀는 예상 밖의 상황에 짜증이 솟구쳤는지 신경질적으로 소리쳤다.

"말이 안 되잖아요, 말이!"

"형사님, 귀먹었어요? 나한테 묻지 말고 서두원한테 가서 물어!"

"남편이 아니라 서두원이라고 하시네요. 남처럼."

"말꼬리 잡는 거 지겹네요. 경찰이 이런 식으로 무고한 사람을 범인으로 만드나? 이제 조사 안 받을래요. 내가 범인도 아니고 용의자도 아닌데 왜 이런 취급을 당해야 해? 난 피해자라고!"

진숙은 악다구니를 쓰며 두 주먹을 책상에 쾅쾅 내리쳤다.

17
탈출

정우는 불면증에 시달렸다. 어두운 밤에는 결코 잠을 이루지 못했다. 그래서인지 그는 자신도 모르게 하루에 한두 번씩 졸았다. 평소처럼 눈을 깜빡였을 뿐인데, 어느새 눈을 떠 보면 잠에서 깬 후였다.

그는 이번에도 차 시동을 끄고 잠시 앉아 있는 동안 순식간에 잠에 빠져들었다.

꿈속에서 정우는 혜수와 나란히 앉아 있는 자신의 모습을 보았다.

"우리 헤어지자."

정우의 말에 혜수의 큰 눈에서 눈물이 흘러내렸다.

"내가 정말 사랑한 건 지수야. 실수라고 말하진 않을게. 하지만 내가 한 행동을 후회하고 있어. 돌이킬 수 없는 거 알지만 지수에게도 솔직히 말하고 용서를 구할 거야."

"네가 어떻게 나한테 그럴 수 있어."

꿈속에서 보이던 혜수의 모습이 왜곡되며 소용돌이쳤다. 그녀의 울부짖음이 꽈배기처럼 꼬이며 빙글빙글 돌았다.

그리고 정우는 눈을 떴다. 전화벨이 울리고 있었다. 인욱에게서 온 전화였다.

"형, 이진숙 조사 끝냈고, 2시간 전쯤 갔어요."

"어떻게 됐어?"

"예상하긴 했는데 역시나 제 예상을 뛰어넘네요."

"왜? 부인해?"

"부인하는 정도가 아니에요. 서두원한테 다 뒤집어씌우더라고요. 협박당했대요. 서두원이 자기랑 딸을 위협했다고."

"이제 놀라울 것도 없다."

"놀라운 건요. 서두원한테 확인하니까 뭐라는 줄 알아요?"

"?"

"자기가 협박한 거 맞대요. 서두원은 무슨 생각으로 그렇게 다 뒤집어쓰는 건지 모르겠어요. 그 여자가 딸을 돌봐 줄 거라고 정말 그렇게 믿는 건가?"

"일단 알겠어."

정우는 전화를 끊고 '협박'이라는 말을 작게 읊조렸다.

'협박? 협박은 이진숙이 아니라 서두원이 당했겠지.'

분명 서두원은 이진숙을 두려워하고 있었다. 서두원의 기억 기저엔 늘 지독한 공포가 깔려 있었다.

정우는 그 공포가 기억을 보는 자신의 감정이라고 생각했지만 아니었다. 서두원이 느끼는 공포가 정우에게 그대로 전달되었을 뿐이라는 걸 너무 늦게 알았다.

그때 다시금 눈앞에 이진숙의 차가 보였다. 정우는 잠시 눈을 떴다 감았다. 기억인지 현실인지 순간적으로 헷갈렸기 때문이었다. 현실이 아니었다. 이전에도 한 번 본 적이 있었던 서두원의 기억이었다.

서두원은 이진숙의 뒤를 밟으며, 그녀를 놓치지 않으려고 안간힘을 쓰고 있었다.

정우는 홀리듯 서두원을 따라 다시금 사건 현장으로 향했다. 빨간 머리 소년이 이진숙의 손에 죽는 것을 또 봐야 한다니⋯. 이미 지난 일이라곤 하지만 그는 모골이 송연했다.

정우는 기억 속의 서두원과 거의 비슷하게 사건 현장에 도착했다. 칠흑 같은 어둠이 뒤덮인 시골길, 띄엄띄엄한 가로등 불빛 외엔 아무것도 보이지 않았다. 오가는 차도 없었고 사람도 없었다. 정우는 헤드라이트를 끄고, 기억 속에 서두원의 차와 포개어 차를 세웠다.

그때 저만치 내리막길에서 사력을 다해 도망치는 아이의 모습이 보였다. 마음이 너무 급한 나머지 아이의 팔다리가 허둥 대며 제멋대로 움직였다.

타닥타닥, 분주한 발걸음 소리, 절뚝거리면서 삐거덕대는 리 듬, 가슴을 옥죄는 조급함이 느껴지는 숨소리까지.

이건 기억이 아니었다. 지금 당장의 현실이었다. 지금 눈앞에 서 도망치는 사람은 빨간 머리카락의 소년이 아니었다. 단발머 리에 교복 차림의 소녀였다. 소녀의 뒤로 60m 정도 떨어진 거 리에서 다리를 절며 달려오는 이진숙이 보였다.

3일 전, 진숙은 죽은 빨간 머리 소년의 소지품을 처분하려고 왕국에서 나왔다. 낡은 가방, 휴대폰, 야구 모자같이 보잘것없 는 소지품 몇 개가 남은 흔적의 전부였다.

진숙은 심드렁한 표정으로 휴대전화를 만지작거리다가 전원 을 켰다. 그때 기다렸다는 듯이 전화가 걸려 왔고, 무심결에 검 지에 통화 버튼이 닿았다.

"여보세요? 오빠? 오빠! 어디야. 할머니가 걱정해. 집에 좀 들어와."

진숙은 앳된 소녀의 목소리를 듣자마자 전화를 끊었다. 이어 서 문자가 왔다.

[오빠. 전화라도 줘. 할머니가 매일 밤 악몽을 꾼다면서 자꾸 오빠를 찾 는단 말이야.]

진숙은 손맛을 잊지 못하는 낚시꾼처럼 이 문자를 지나칠 수가 없었다.

[이따 저녁 7시에 대방역 근린 공원 주차장에서 만나. 할 얘기가 있어.]

그녀는 즉흥적이었지만 무를 수 없는 일을 저지르고 3일 만에 집으로 향했다. 현관문을 열고 들어가려는데 이상한 낌새가 느껴졌다.

'뭐야, 경찰이잖아. 날 감시하고 있었어?'

그녀는 태연하게 집으로 들어갔고, 창문 틈새로 바깥 상황을 살폈다.

'아무래도 외박을 해서 경찰의 감시가 심해진 것 같아. 시기가 시기인 만큼 조심했어야 했는데 경솔했어. 어쩌지? 이따 약속 장소에 나가야 하는데….'

진숙은 약속 장소 1~2시간 전부터 나와 지하철과 버스, 택시를 반복해 갈아타면서 혹시 모를 경찰의 감시를 따돌렸다. 차량은 자차가 아닌, 이전에 서두원이 썼던 대포차를 이용했다.

'하마터면 늦을 뻔했네.'

약속 장소에 도착하니 교복 차림의 소녀가 쭈뼛거리며 주변을 두리번거리고 있었다.

'쟤구나.'

어깨까지 내려오는 단발머리가 가로등 불빛에 찰랑거렸다.

부모님이나 선생님 말씀을 잘 듣게 생긴 전형적인 모범생 타입이었다. 진숙은 유리창을 반쯤 내리고 여학생 쪽으로 차를 붙였다.

"너니? 형우 동생이?"

"네, 누구세요?"

"걔가 지금 좀 다쳤어. 동생이 여기서 기다리고 있을 거라고, 나더러 데리고 오라고 하던데?"

"네? 오빠가 다쳤다고요? 왜요? 어디가 얼마나 다쳤어요?"

"교통사고가 났거든."

"교통사고요?"

"일단 타. 오빠가 있는 병원까지 데려다줄게."

소녀는 질겁하며 작은 몸을 부들부들 떨더니 오빠가 사고를 당했다는 말에 마음이 조급해졌는지 의심을 거두고 조수석에 탔다.

"넌 몇 살이야?"

"중1이요."

"이름은"

"강예솔이요."

"오빠 찾으러 온 거야? 참 착한 동생이네. 부모님은 계시니?"

"근데 오빤 어디 있어요?"

"저기 지방 병원에 있어. 여기서 좀 멀어."

"어쩌다가 사고가 난 거예요?"

"뺑소니."

"뺑소니요? 근데 아줌마는 누구예요?"

진숙은 주변을 두리번거리다가 사람이 없는 것을 확인하고 차를 잠시 세웠다.

"나? 뺑소니범."

"네?"

"내가 뺑소니범이라고."

미소를 짓고 있던 진숙이 순식간에 양손으로 있는 힘껏 소녀의 목을 졸랐고, 아이는 머지않아 정신을 잃었다.

얼마나 지났을까. 예솔은 반복적으로 나는 어떤 소리를 듣고 정신을 차렸다. 칼을 가는 소리였다. 할머니랑 같이 사는 예솔은 이게 무슨 소리인지 단박에 알 수 있었다. 할머니가 주방에서 칼을 가는 모습을 종종 본 적이 있었기 때문이다. 소녀의 손과 발은 케이블 타이로 꽉 묶여 있었다. 심장이 터질 것 같았지만 아이는 실눈을 뜨고, 주변을 빠르게 살폈다.

허름한 집 안 내부가 보였다. 소녀가 할머니와 사는 집도 낡고 변변치 않았지만 이 집에 비할 바는 아니었다. 사람이 오래 살지 않았던 곳을 급히 개조한 것 같았다. 소리는 거실 끝에 붙어 있는 부엌에서 들려왔다.

그때 칼을 가는 소리가 멈췄다. 예솔은 겁에 질려 다시 눈을 질끈 감았다. 다시 정신을 잃은 척하고 싶었지만 자신의 의지와는 상관없이 온몸이 벌벌 떨렸다. 굳게 감은 두 눈에서 눈물이 새어 나왔다.

뚜벅뚜벅 걸어서 소녀 앞에 선 진숙이 코웃음을 쳤다.

"일어났구나?"

아이의 모습이 애처로울 만도 했지만 진숙은 여전히 재밌다는 표정을 지었다.

"윽! 이게 뭐야."

예솔이 입은 하의가 젖어 들며 낡아서 누렇게 바랜 장판 위로 물이 고였다.

"오줌 싼 거야? 치우기 짜증 나게. 가지가지 하네."

소녀는 겁에 질려 자신도 모르게 소변을 보고 말았다.

진숙은 벽에 걸린 시계를 확인했다.

밤 10시.

"아씨. 시간이 너무 늦었는데?"

진숙은 집 근처에서 잠복하던 경찰을 떠올렸다.

'오늘도 외박하면 의심을 받을 텐데. 일단 집에 들어가야겠어.'

이진숙은 소녀에게 더욱 가까이 갔다. 아이는 이제 자신이 할 수 있는 일은 이것뿐이라는 듯 비명을 질렀다.

"도와주세요! 살려 주세요!"

"야…! 시끄러워."

진숙은 자신이 신던 양말 한쪽을 벗어서 소녀의 입에 물리고 청테이프를 붙였다. 그리고 소녀의 목덜미를 한 손으로 거칠게 잡고 끌었다. 아이는 새우처럼 몸을 굽히고 피고를 반복하며 맹렬하게 저항했지만, 진숙의 화만 돋을 뿐 부질없는 짓이었다. 진숙은 소녀를 냉동고 안에 처박아 두었다.

예솔은 얼음장 같은 바닥 타일에 몸이 닿자 화들짝 놀라며 몸을 웅크렸다.

"너 벌을 좀 받아야겠다."

불 꺼진 냉동고에 갇힌 아이는 절규했다. 입속의 양말 때문에 뭉개진 발음으로 아이는 살려 달라고 애원했다.

진숙은 아쉬운 마음을 뒤로하고 서둘러 자리를 떠났다.

예솔이는 영하의 냉동고 안에 갇혀 있었다. 납치범이 나갔다는 사실이 안심됐지만, 곧 오한이 찾아왔다. 흐르는 눈물만이 온기를 가지고 그녀의 뺨을 적셨다.

이대로라면 얼마나 버틸 수 있을지 몰랐다. 불은 꺼져 있었고, 아무것도 보이지 않았다. 완벽하게 빛이 차단돼서인지 암순응도 일어나지 않았다.

"엄마… 으흐흐흑…."

아이는 어릴 적에 돌아가신 엄마를 불렀다. 평생토록 자신이 이런 상황에 놓일 거라고는 상상해 본 적도 없었다. 공포가 소녀의 목을 옥죄었다. 차라리 이대로 빨리 죽고 싶다는 생각이 들 정도였다.

"할머니…."

목전에서 죽음을 마주하자 예솔이는 할머니를 떠올렸다.

'나와 오빠가 죽은 것을 아시면 얼마나 충격받으실까. 가뜩이나 건강도 안 좋으신데 충격에 쓰러지시기라도 하면 어쩌지….'

예솔이는 이 와중에도 할머니 걱정을 했다. 부모님을 일찍 여읜 예솔이에게 할머니는 엄마이자 아빠였다.

'할머니, 미안해….'

이제 더는 추위가 느껴지지 않았다. 정신이 혼미해져 가고 있었다. 그때, 시끄럽게 웅웅 대던 냉동고 엔진 소리가 일순간에 멈추었다. 공간을 채우던 백색 소음이 사라지자 오히려 적막함이 고막을 더 세게 울렸다.

'정전인가?'

이 생각을 마지막으로 예솔이의 정신은 조금씩 희미해져 갔다.

얼마쯤 지났을까, 잠시 의식을 잃었던 예솔은 다시 정신을 차렸다. 여전히 공간 안에 한기는 가득했지만 냉동고는 가동을 멈춘 것이 분명했다. 잠시나마 희망을 가졌지만 여전히 묶인 팔다리는 풀 방법이 없었다.

그렇게 이틀 동안 아이는 먹지도 마시지도 못하고 결박되어 있었다.

처음엔 몰랐는데 시간이 흐를수록 점점 이상한 냄새가 나기 시작했다. 피비린내 같기도 하고, 냉장고에 오래 묵힌 고기 냄새 같기도 했다. 기력이 떨어질 대로 떨어진 예솔이는 헛것이 보이는 듯했다. 3년 전 부모님이 교통사고로 돌아가시고 상복을 입은 예솔이에게 할머니가 다가와서 말을 걸었다.

"예솔아, 하늘나라에 간 엄마, 아빠가 제일 바라는 게 뭔지 아니?"

"뭔데요?"

"사는 거."

"…."

"예솔이 네가 사는 거야. 기왕이면 건강하고, 행복하게."

"…."

소녀는 흐려지던 정신을 붙잡으며 몸을 움직여 발로 문을 힘차게 걷어찼다. 전력이 끊어져서 그런지 오래되어 그런지 생각보다 냉동고의 문이 쉽게 열렸다. 소녀는 젖먹던 힘까지 내, 애벌레처럼 기어서 주변 사물을 살폈다. 나무로 된 탁자의 다리가 몸에 닿았다. 예솔인 몸을 웅크려 복부로 탁자의 다리를 감싸고 온몸으로 흔들었다. 아픔 따윈 느껴지지 않았다. 꿈쩍도 하지 않을 것 같던 탁자가 앞뒤로 왔다 갔다 하면서 삐걱거리는 소리를 냈다.

-챙.

날카로운 소리를 내면서 타일에 무언가 떨어지는 소리가 났다. 아이는 뒤로 묶인 손으로 바닥을 샅샅이 더듬었다.

"어? 칼이다."

과도같이 한 손에 들어오는 칼이면 좋았겠지만, 칼날이 족히

15cm는 넘는 것 같았다. 예솔인 손잡이가 아닌, 칼등을 잡고 손목에 감긴 케이블 타이를 끊어 내기 시작했다. 어디서 기력이 솟은 것인지 정신은 점점 또렷해졌고, 손끝엔 힘이 들어갔다. 날카롭고 긴 칼날이 케이블 타이와 손목 사이를 비좁게 오갔다.

손목을 죄고 있던 것이 풀리는 만큼 예솔의 손목에도 상흔이 더해 갔다. 손에 이어 발에 감긴 케이블 타이를 끊은 아이는 벽에 손을 대고 자리에서 일어섰다.

"문을 찾아야 해."

한참 동안 벽을 더듬던 아이의 손에 문고리가 잡혔다. 거실 불은 켜져 있었고, 3일 만에 빛을 보는 아이는 눈을 찡그렸다. 아이가 나왔던 냉동고 안에도 거실 빛이 새어 들어갔다.

출구를 찾으려던 예솔인 별안간 냉동고에 시선이 갔고, 그 안에서 사지가 분해되어 마구잡이로 놓여 있는 오빠가 보였다. 목이 댕강 잘린 오빠가 타일에 볼을 대고 예솔이를 바라보고 있었다.

아이는 충격에 비명조차 지르지 못하고 뒤로 발라당 넘어졌다. 조금 전까지 갇혀 있던 냉동고에는 처참하게 죽은 오빠의 시신이 있던 것이다.

'빨리 여길 빠져나가야 해.'

예솔이 정신을 차리고 출구를 찾았을 때 문밖에서 소리가 들려왔다.

−달그락 달그락.

누군가 문밖에 잠긴 자물쇠를 열고 있었다.

−찰칵.

맨 위에 자물쇠가 열리고, 이어서 그 아래 자물쇠가 열리는 소리가 났다.

−찰카닥.

예솔은 놀라서 숨을 곳을 찾았다. 주변을 둘러봐도 어디 마땅히 몸을 감출 곳은 보이지 않았다.

'다시 저 안으로 들어가야 해!'

아이는 죽기보다 끔찍했지만 다시 냉동고 안으로 들어갔다. 그리고 불을 끄고, 숨을 죽였다. 한 손엔 케이블 타이를 끊었던 긴 사시미 칼을 들고 있었다.

경찰 조사를 받고 나온 이진숙의 심연에 잔잔한 파도가 일렁였다. 그 속엔 피비린내를 맡고 잔뜩 흥분한 상어가 주위를 맴돌고 있었다. 겉으로 보기엔 무덤덤한 표정을 짓고 있었지만, 속으로는 분한 감정이 북받쳐 올랐다. 그때 불현듯 왕국에서 자신을 기다리는 여학생이 떠올랐다.

'지금은 죽었겠지? 3일 동안 물도 음식도 못 먹었으니까. 아니지? 그 전에 이미 얼어 죽었겠구나.'

진숙은 경찰 조사를 마치자마자 바로 왕국으로 왔다.

"이 퀴퀴한 냄새는 뭐지?"

거실에선 무언가 상하고, 비위에 거슬리는 불쾌한 냄새가 났다. 진숙은 미심쩍은 눈빛으로 집 안을 한 번 슥 둘러보더니 냉동고 문을 열었다.

문을 열자마자 역한 냄새가 불쾌하게 코를 찔렀다. 실내엔 한기가 사라지고 어정쩡한 온도의 공기가 가득 차 있었다. 예솔은 문 뒤에서 숨을 죽이고 있었다. 칼을 들긴 했지만 상대에게 어떻게 휘둘러야 하는지 알 수 없었다. 다만, 지금 기회를 놓치면 자신은 꼼짝없이 죽게 될 것이라는 사실만은 분명했다. 지금 이 순간이 어쩌면 최후의 순간이 될지도 몰랐다.

예솔의 시야에 이진숙의 등이 보였다. 아이는 주저하지 않고 칼을 들어 이진숙의 등을 찌르려 몸을 날렸다. 하지만 얼어 있던 시체들이 녹으며 바닥에 흥건하게 고인 물 때문에, 미끄러지면서 이진숙의 옷 뒷자락을 잡고 넘어지고 말았다.

―쾅.

옷자락이 잡힌 채 넘어진 이진숙은 바닥에 머리를 세게 부딪쳤다. 바닥에서 신음하는 이진숙을 확인한 뒤, 소녀는 곧장 냉동고를 빠져나왔다. 그리고 이진숙이 들어왔던 문을 열었다. 다행히도 문은 열려 있었다.

예솔은 그곳에서 사력을 다해 도망쳤다. 뛰면서도 죽은 오빠의 눈빛이 잊히지 않았다. 오빠가 어떤 공포를 느끼며 죽어 갔을지 너무 잘 알 것 같았다.

"대체 여긴 어디야…."

한참 동안 죽도록 뛰었지만 주변엔 사람 하나 없었고, 오가는 차도 없었다. 띄엄띄엄 있는 가로등 불빛 외엔 그 어떤 불빛도 보이지 않았다.

예솔의 몸은 만신창이였다. 손목엔 케이블 타이를 끊어 내면서 칼에 베인 자국이 가득했고, 그곳에서 여전히 피가 흘렀다. 더구나 3일 동안 먹고 마시지 못해 움직일 힘조차 남아 있지 않았다. 아이는 아무리 도망쳐도 계속 같은 길을 걷는 듯한 느낌이 들자 뒤를 돌았다.

"어?"

처음엔 아무도 없는가 싶었는데 머지않아 가로등과 가로등 사이, 검기울진 곳에서 이진숙의 모습이 보였다.

'어떡해! 이러다가 잡히겠어.'

아이는 절박한 마음에 사지가 제멋대로 움직이며 바닥에 고꾸라지기를 반복했다. 소녀는 온 힘을 다해 뛰었지만, 속도는 계속해서 줄어들었다. 반면 이진숙은 다리를 절면서도 점점 속도를 올리고 있었다. 두 사람 사이의 간격은 이제 100m도 채 되지 않았다.

그때 예솔의 눈에 불이 켜진 자주색 지붕의 낡은 주택이 들어왔다. 아이가 그 집에 다다랐을 때쯤 할머니는 마당에 나와 현관문 단속을 하고 있었다.

"할머니! 저 좀 도와주세요. 절 납치하고 죽이려 한 사람이 쫓아와요. 살인자예요. 살인자!"

"뭐? 뭐라고? 하나도 안 들려. 정신없게 왜 그래?"

귀가 잘 안 들리는 할머니는 의심쩍은 눈으로 예솔이를 바라보며 느긋하게 물었다.

"저 좀 숨겨 주세요. 경찰에 신고해야 해요!"

예솔이가 조급하게 문 안으로 들어가려고 하자 할머니가 막았다.

"뭐여? 남의 집에 왜 들어가려고 하냐니깐?"

"할머니, 제발…."

아이가 울먹이며 말하자 현관문을 굳게 잡고 있던 할머니의 손에 힘이 스르르 풀렸다.

"이게 뭔 일이래."

예솔은 목소리를 최대한 낮추고 입 모양을 크게 하며 말했다.

"할머니, 혹시 누가 오더라도 문을 열어 주면 안 돼요."

예솔이는 양손으로 엑스(x)자를 만들며 간청했다. 할머니는 일단 문을 걸어 잠갔지만 여전히 상황 파악이 안 되는지 답답한 표정을 지었다.

ㅡ탕탕탕.

그때 현관문을 누군가 거칠게 두드렸다.

예솔은 너무 놀라 한 손으로 자신의 입을 틀어막았다.

"열지 마세요. 열면 안 돼요!"

할머니는 예솔이에게 저리로 가 있으라며 손을 휘휘 저었다.

"문 안 열어 줘도 들어올 수 있어. 저리로 가 있어."

할머니는 손가락으로 돌덩이가 무너져 내려 야트막해진 담장을 가리켰다.

"누구요!"

할머니는 결국 현관문을 열었다.

"안녕하세요. 방금 어떤 여자 아이 못 보셨어요? 혹시 여기로 들어왔나 해서…."

"뭐? 뭐라고? 하나도 안 들려."

"제 동생이에요. 가출을 해서 잡으려고 왔는데 도망가네요. 에휴! 오늘은 꼭 집에 데려가야 하거든요."

"뭐? 뭐라는 거여? 나 귀가 먹었어."

예솔이는 마당 구석에 있는 허름한 창고에 숨어 대화를 엿듣고 있었다.

'할머니, 제발 못 봤다고 해 주세요.'

"봤어, 여학생."

할머니의 말에 이진숙의 표정이 환하게 밝아졌다.

"이 집에 들어왔죠?"

"응. 집에 왔어."

"어딨어요? 저 좀 들어갈게요. 제 동생이 가출해서 질 나쁜 남자 아이들이랑 어울려 다녀서 너무 걱정이에요."

"뭐라고? 하나도 안 들려. 암튼 애는 집 뒤편에 화장실로 갔어."

"아, 그래요? 제가 찾아볼게요."

진숙이 어슬렁거리며 집을 살필 동안 할머니는 느린 걸음으로 부엌에 들어갔다. 부엌이 집과 떨어져 있는 옛날식 집 구조였다. 부엌에는 큰 솥이 있고, 옆엔 허름한 살림살이와 가스레인지 위 주전자에서 물이 끓고 있었다. 부엌 안쪽으로 들어간 할머니는 떨리는 손으로 112를 눌렀다.

"저기, 우리 집에 다친 아가 1명 들어왔는데 갸를 누가 잡으러 왔어. 빨리 와야쓰겠는디. 딱 보니까 가족이 아니여. 위험한 사람 같은…."

"할머니?"

마당 뒤편으로 갔을 거라고 생각했던 이진숙이 부엌에 들어와 할머니를 지켜보고 있었다. 그리고 재빠르게 손에 들고 있던 구형 휴대전화를 빼앗아 전화를 끊었다.

"할머니, 귀는 먹어도 눈치는 살아 있네?"

친절해 보이는 얼굴에서 진짜 표정을 드러낸 이진숙은 부엌 주변을 두리번거리며 뭔가를 찾았다.

"아씨…. 시간이 없겠는데?"

진숙은 부엌에 있던 칼을 집어 들고 할머니에게 다가갔다.

"짜증 나게 일이 왜 이렇게 꼬이는 거야."

겁에 질린 할머니가 뒤로 주춤하다가 넘어졌고, 허리를 삐끗했는지 신음을 냈다. 진숙은 호주머니에서 비닐장갑을 꺼내 부스럭 소리를 내며 끼기 시작했다.

"방금 경찰에 신고했어. 젊은 처자가 이러지 마…."

진숙은 할머니의 말에 아랑곳하지 않고 칼을 휘두르기 위해 손을 어깨만큼 올렸다.

―퍽.

창고에 숨어 있던 예솔이가 솥뚜껑을 들어 이진숙의 뒤통수를 가격했다. 머리를 맞은 진숙이 다리를 휘청거렸다.

"할머니! 괜찮으세요?"

"아가! 조심!"

휘청거리며 넘어졌던 이진숙이 들고 있던 칼로 예솔의 발등을 내리찍었다.

"아악! 내 발!"

피가 흐르는 자신의 발등을 보며 예솔이 비명을 지르는 사이, 이진숙이 칼로 쓰러진 예솔의 정수리를 노렸다.

"아아아악!"

쓰러졌던 할머니는 팔팔 끓는 주전자 물을 이진숙에게 던지듯 부었다. 츠… 소리를 내며 시뻘게진 이진숙의 목과 뒤통수에서 김이 올라왔다. 화상을 입은 이진숙은 괴성을 질렀지만 끄떡없었다. 오히려 꼭지가 완전히 돌아 버린 그녀는 더 강해 보이기까지 했다.

그때 예솔이 진숙에게 쫓기는 것을 보고 달려온 정우가 부엌 쪽으로 모습을 보였다.

"이진숙! 이제 다 끝났어. 곧 경찰이 올 거야. 칼 내려놔!"

"아니? 안 끝났어."

진숙은 할머니의 목에 칼을 들이대며 말했다.

"내 말 똑똑히 들어. 안 그러면 이 칼로 목을 쑤실 거니까. 우선 당장 부엌에서 나가."

주춤하는 정우에게 한 번 더 소리쳤다.

"나가라고! 내 말 안 들려?"

진숙이 할머니의 목에 칼로 흠집을 내자 가늘게 그어진 실선 사이로 피가 흘러내렸다.

"나갈게. 시키는 대로 할 테니까 제발 그만둬!"

정우가 손을 뻗으면 잡힐 만한 거리에 있는 여학생의 어깨를 잡으려 하자 이진숙이 저지했다.

"너만 나가! 걘 여기 있으라고 해."

"제발 할머니를 놔 주세요. 제발요….”

예솔이는 울면서 진숙에게 애원했다.

정우가 진숙의 지시대로 부엌을 나가자마자 진숙은 주저 없이 칼로 할머니의 목을 베었다.

"안 돼!"

낮은 부엌 천장과 벽에 할머니의 피가 물감처럼 붉게 튀었다. 소녀의 부르짖음에 정우가 다시 부엌에 들어왔을 때 이미 할머니는 쓰러져 있었고, 그 칼끝은 예솔의 목을 겨누고 있었다.

"봤지? 난 바로 죽여. 내 말 안 들으면 이 애도 지금 당장 죽는 거야."

예솔은 칼날이 자신의 목을 찌르고 있음에도 쓰러진 할머니를 보며 절규했다.

"할머니…."

그때 정우의 연락을 받고 출동한 인욱이 총을 무장하고 들이닥쳤다.

"이진숙, 칼 내려놔."

"내 이름은 김연희야, 김연희!"

"칼 내려놓으라고!"

"아니, 총은 네가 내려놓아야지. 안 보여? 지금 애 목에다가도 시원하게 그어 볼까?"

칼등에서 할머니의 피가 뚝뚝 떨어졌다.

"그 총도 내가 가져야겠는데?"

진숙이 입꼬리를 올려 비열하게 웃으며 말했다. 이렇게 된 거 다 죽여야겠다는 생각이 표정에 여실히 드러났다.

"알겠어. 원한다면 주지."

인욱은 총을 바닥에 내려놓고, 발로 툭 차서 이진숙의 앞으로 보냈다.

진숙이 바닥에 놓인 총에 손을 뻗는 순간, 인욱이 안쪽 주머니에 있던 또 다른 총을 꺼냈다.

—탕탕.

칼을 들고 있던 이진숙의 왼쪽 어깨와 복부에 두 발의 총알이 들어갔다.

칼은 힘없이 바닥으로 떨어졌다. 인욱과 철호가 총상을 입고 쓰러진 이진숙을 제압하기 위해 빠르게 다가갔다. 인욱이 수갑을 채우기 위해서 진숙의 어깨를 누르려는 순간 칼이 그의 옆구리로 깊숙이 들어왔다. 진숙이 바닥에 떨어트린 칼을 잡고 마지막까지 인욱을 노린 것이었다.

"인욱아!"

그가 이전에 조폭에게 칼을 맞았던 부위와 정확히 일치했다. 철호가 발로 진숙의 손을 쳐 내고 엎드려서 손목에 수갑을 채웠다.

"선배! 괜찮아요?"

인욱은 옆구리에서 심장 박동을 따라 풀럭이며 나오는 피를 손으로 막았다.

그렇게 이진숙은 경찰서로 이송됐고, 유일한 생존자인 예솔이는 자신이 도망쳤던 곳인 진숙의 왕국으로 경찰을 안내했다.

냉동고가 고장 나면서 시신은 모두 녹아 부패가 진행 중이었다. 뒤늦게 온 경찰과 국과수 요원들도 냉동고 안에 들어가길 머뭇거렸다. 맨정신으로 보기 힘든 끔찍한 광경이었다.

그곳엔 실종된 노인 2명과 중학생 남자의 시체까지 총 세 구가 훼손된 채 보관되어 있었다.

이진숙은 잡혔지만, 그 어느 때보다 인욱과 정우는 침통했다.

"이제 정말 다 끝났어요."

인욱이 응급실에 이송하는 구급차 안에서 정우에게 말했다.

"그래. 다 끝났어."

"끝을 너무 늦게 봤어요. 죽은 사람이… 너무 많으니까요."

인욱은 피를 너무 많이 흘린 탓에 정신이 흐릿해졌다. 그는 눈을 천천히 끔뻑거리더니 이내 의식을 잃었다.

남부 교도소 변호인 접견실.

급히 서두원을 찾아온 조 변호사는 초조한 듯 한쪽 다리를 떨었다.

좀처럼 가오가 떨어지는 행동은 하지 않는 그지만 지금은 그런 생각 따윈 할 여유가 없었다. 그만큼 돌아가는 상황이 긴박했고, 이 기회를 잘 타면 일이 순탄하게 풀릴지도 몰랐다.

서두원은 수척해진 몰골에 축 처진 어깨를 하고 터덜터덜 걸어왔다. 덜 떨어진 표정을 보아하니 아직 아무 소식도 듣지 못한 게 분명했다.

"이진숙이 살인죄의 현행범으로 경찰에 잡혔어요. 불과 몇 시간 전 일이에요. 서두원 씨에게 말씀드려야 할 것 같아서 급하게 왔어요."

"경찰에 잡혀요? 진숙이가요?"

놀란 그의 표정엔 걱정과 염려가 섞여 있었다.

'진숙이? 지금 그렇게 한가하게 이름이나 부를 땐가? 뭐 이런 답답한 양반을 봤나….'

조 변호사는 답답한 속내를 감추지 못하고 그를 내심 흘겨보았다.

"이진숙에게 비밀 아지트가 있었어요. 한적한 시골집에 냉동고를 마련해 그곳에서 사람을 죽이고, 시신을 훼손해 쌓아 두었단 말입니다. 혹시 이런 곳이 있는지 알고 있었습니까?"

"네? 그게 정말인가요?"

서두원의 말은 진실 같았다.

겁에 질린 얼굴, 흔들리는 동공, 그리고 안타까워하는 탄식.

"뭐, 몰랐다니 다행이네요. 하필 그 냉동고도 고장이 나서 시신들이 마구잡이로 뒤섞여 부패가 되고 있었다나 봐요. 노인 2명에 희생자 중 중학생 남자도 있었어요."

"주, 중학생이요?"

"네, 그 학생도 참 운도 지지리도 없지. 하필 이진숙 차에 치인 모양이에요. 도와준다고, 병원에 데려다준답시고 차에 태우고는 그대로 죽였어요. 그것도 모자라서 그 남학생의 여동생마저 납치해서 죽이려다가 도망치는 바람에 이진숙이 현장에서 검거된 겁니다."

"진숙이가 중학생 아이를 죽였다고요?"

"왜, 아직도 이진숙에게 거는 기대가 있습니까? 전 그다지 놀랍지도 않은데…."

서두원이 아는 한 희생자 중 미성년자는 없었다. 이젠 어린아이들까지 죽이는 살인마가 되었다니…. 서두원은 그 사실을 믿기 싫을 정도로 진숙에 대해서 눈을 감고 있었다.

"그뿐만이 아니에요. 검거 중에 할머니 1명도 잔인하게 살해했어요. 경찰 1명도 칼에 찔려서 중상을 입었고요. 와… 이 정도면 뭐 빌런 중에서도 슈퍼 빌런! 우리나라 사법 역사에 길이길이 남을 만한 희대의 연쇄 살인범인데."

이진숙이 서두원의 아내라는 사실을 망각하고 내키는 대로 말을 뱉었던 조 변호사가 서두원의 눈치를 살폈다.

"도망쳤다는 여자아이는 무사합니까?"

"네, 유일한 생존자예요. 그 아이 덕분에 범행 장소도 찾을 수 있었나 봐요. 그곳에서 처참하게 훼손된, 목이 잘린 오빠를 봐야 했지만 말이죠. 아무튼 이진숙은 이제 끝났습니다. 그전에 있었던 살인 사건을 제외하더라도 이번에 드러난 살인만으로도 무기징역, 아니지. 사형 선고를 충분히 내리고도 남아요."

조 변호사는 서두원의 표정을 읽기가 어려웠다. 그만큼 오만 감정이 서두원의 얼굴을 스쳤는데 그중 맨 마지막에 드러난 표정은 안도감이었다. 이제야 비로소 서두원은 자신이 안전하다고 느낀 듯했다.

"이진숙 그 여자, 생각했던 것보다 훨씬 무서운 사람이더군요. 사이코패스? 사실 그거 별거 아닙니다. 제가 클라이언트로 만나는 사람들 대개가 사이코패스예요. 그들은 적당한 사이코패스 기질로 돈과 성공을 잡고, 늘 우위에서 사람들을 군림하며 살아가죠. 그런데 당신 와이프인 이진숙은 다릅니다. 뭐랄까… 순수한 사이코패스의 결정체라고 해야 하나? 자신의 욕망을 실현하는 것 이외엔 모든 것이 연기고 가짜라고 봐도 무방해요."

"…."

"이진숙이 경찰 조사 중에 모두 자백했대요. 현장에서 잡힌데다가, 생존자 증언에… 시신과 증거가 가득한 범행 현장까지 발견되었으니 자백할 수밖에 없었겠죠. 아무튼 모두 다 자신의 범행이었음을 인정했어요. 서두원 씨가 했다고 거짓으로 자백했던 이전 범행까지요. 불행 중 다행이라고 해야 할지 모르겠네요."

"여, 연수는…."

서두원은 딸 이야기를 꺼내며 손끝에 힘을 주고 꼼지락거렸다.

"아! 따님이 어떻게 지내는지 알아봐 달라고 했죠? 할머니인 황미영 씨는 치매 증상이 너무 심해서 오히려 연수가 할머니를 돌보고 있어요. 아직 대소변은 가리는 모양인데…, 모르죠. 앞으로 아이가 어르신의 대소변까지 받아야 할지도."

"말도 안 돼…. 어떡하죠? 우리 연수… 불쌍해서 어떡해요."

"나 참! 제가 뭐랬어요? 이진숙은 연수가 어떻게 지내는지는 안중에도 없어요. 그저 자신의 추악한 욕망을 실현하기 위한 가면이고 도구일 뿐이었죠. 은행 강도들이 쓰는 복면 알죠? 뭐 그런 거라고 보면 돼요."

애써 감정을 억누르던 서두원이 그제야 눈물을 흘렸다. 동굴 깊숙한 속에서 내는 것 같이, 서두원은 울분을 터뜨리며 아이처럼 짐승처럼 울었다.

조 변호사는 이 틈을 놓치지 않고 그를 구슬렸다.

"이진숙이 시켜서 시신을 유기한 거 맞죠? 어쩔 수 없는 상황이었죠?"

"처음엔 진숙이가 실수한 거라고 생각했어요. 살다 보면 생기는 어쩔 수 없는 사고 같은 거요. 나중엔 그게 아니란 걸 알게 됐지만 어쩔 수 없었어요. 그땐 이미 애 엄마였고… 또 무섭기도 하고…."

"전 당신이 이진숙에게 협박을 당한 거라고 변론 방향을 잡을 겁니다. 솔직히 이게 재판부에 먹힐지는 모르겠네요. 오랜 시간 당신이 이진숙이 죽인 피해자들을 유기한 게 사실이니까요. 아무튼 전 당신이 자신과 딸을 지키기 위해서 어쩔 수 없이 이진숙의 지시를 따른 거라고 항변할 거예요. 당신이라도 나가야 딸을 돌볼 거 아닙니까?"

자신의 안위에는 관심이 없던 서두원이 연수의 이야기에 흔들리는 모습을 보였다. 그리고 작게 고개를 끄덕였다.

"연수가 어린 나이에 아버지 옥바라지에, 치매 할머니 병수 발까지 들게 하고 싶지 않으면."

그제서야 서두원은 정신을 차리고 솔직하게 이야기를 털어놓으며 자신을 변호하기 시작했다. 조 변호사는 그런 그의 모습을 보고 희미하게나마 만족스러운 미소를 지었다.

서울 중앙 지방 법원 형사1합의부

이진숙 사건으로 나라는 떠들썩했다. 법원 앞은 이진숙과 서두원을 사형시켜야 한다는 집회가 하루걸러 열렸다. 인터넷에는 사형을 지지하는 국민 청원의 글이 금세 몇십만 명의 지지를 얻었다. 이진숙의 재판 과정을 보기 위해 방청객들은 새벽 5시부터 줄을 서서 기다렸다.

이진숙과 서두원은 공범인 공동 피고인으로 기소돼 함께 재판을 받았다. 이 사건을 담당한 합의부 부장 판사는 이진숙 사건 때문에 골머리를 앓았다. 서두원은 변호인이 있었지만 이진숙은 변호인이 없었기 때문이다.

살인 사건은 필요적 국선 변호 사건으로 변호인이 필요했다. 하지만 국선 변호인들이 여섯 번이나 사임 요청서를 내면서 재판 진행에 차질을 겪었다. 오죽하면 서두원의 변호를 맡고 있는 조민재 변호사에게 변론을 부탁해 볼까도 했지만 공소 사실에 관한 서두원의 입장이 '이진숙에게 강요와 협박을 당했다.'는 것이므로 공범 상호 간에 이해가 충돌하는 부분이 많아 조 변호사에게도 변론을 맡길 수 없었다.

그래서 우여곡절 끝에 이진숙의 변호를 맡은 건 헌법 재판관 출신 김해산 변호사였다.

재판이 끝나고 훗날 김해산 변호사 쓴 회고록에는 '개인적으로 이진숙을 변론하고 싶지는 않았으나 그 누구도 이진숙을 변호하지 않는다면 변호사라는 직업의 공익적 존재 의의는 없는 것이나 마찬가지라고 생각하였기에 결국 변호를 하기에 이르렀다.'라고 적혀 있었다.

김 변호사의 선임 후 재판은 비교적 순조롭게 진행됐다. 이진숙 측은 공소 사실을 모두 자백했고, 양형에 대해서만 변론을 했다. 서두원 역시 공소 사실은 인정했지만 범행에 가담한 것은 이진숙의 협박이 있었기 때문이므로 무죄를 주장했다.

김 변호사와 조 변호사의 약력도 언론에서 화제가 되었다.

헌법 재판관 출신으로 로펌과 정치 러브콜을 거절하고, 후학을 양성하며 도자기 굽기가 취미인 명망 있고 존경받는 김해산 변호사. 반면, 최고 로펌에서 거액의 수임료를 챙겨 가며 재벌 2세들의 강간, 마약, 살인 사건들을 변호하고, 스포츠카를 수집하는 게 취미인 조민재 변호사. 한 사건을 맡은 두 변호사의 삶의 간극은 언론에 흥미로운 이야깃거리였다.

우여곡절 끝에 드디어 찾아온 결심 기일.

판사가 법정으로 들어오자 소란하던 사람들의 말소리가 공기

속으로 흩어졌다. 판사의 진행에 따라 검사가 의견을 진술했다.

"피고인 이진숙에게 사형을, 피고인 서두원에게는 무기징역을 선고하여 주십시오. 피고인 이진숙은 사람들을 죽이고, 훼손하고, 냉동고에 보관하는 등의 악행을 범했습니다. 살해 동기도 자신의 욕망을 채우기 위해서였을 뿐 참작의 여지는 없습니다.

혹자는 이진숙이 감정을 느끼지 못하는 사이코패스여서 그렇다고 합니다. 하지만 이진숙이 사이코패스라고 살인 행위가 정당화되는 것은 결코 아닙니다. 오히려 재범의 위험성, 흉포한 성향을 더하는 양형의 가중 사유일 뿐, 피고인에 대한 감형 사유가 될 수는 없습니다.

우리 헌법과 형법은 사형 제도를 채택하고 있고, 제도가 있는 이상 그 제도는 목적하는 바에 따라 충실히 운영되어야 합니다.

다음은 피고인 서두원에 대한 의견입니다. 피고인 서두원은 이진숙이 살해한 시신들을 흔적도 없이, 그 누구도 찾지 못하도록 깔끔하게 처리해 왔습니다. 피고인이 없었다면 이진숙은 계속하여 살인을 저지르지 못했을 것입니다. 또한 이진숙의 살인 행위가 거듭 있었을 무렵에는 피고인은 아내가 연쇄 살인마이고, 앞으로도 계속하여 살인을 자행할 것이며 자신은 시체를 계속하여 치워야 한다는 것임을 어렴풋이나마 인식하였을 것이 분명합니다. 그럼에도 불구하고 피고인은 이진숙을 제지하거나 수사 기관에 이 사실을 알리지 않았습니다. 두 사람은 살인이라는 하나의 목적에 대해 필요충분한 행위 지배를 하고 있었을 뿐만 아니라, 서로의 역할에 대한 충분한 인식을 전제로 행동한 것이라고 볼 수밖에 없습니다."

검사의 의견 진술이 끝나고 김해산 변호사의 최종 변론이 이어졌다. 키는 작지만 강단 있게 보이는 체구에서 쩌렁쩌렁한 목소리가 공판장을 가득 메웠다.

"검사님의 말씀대로 피고인 이진숙은 많은 사람을 죽였고, 그 죄는 수백 번 수천 번 씻어도 지워지지 않음은 자명한 사실입니다. 그러나 여기서 우리는 다음과 같은 사실을 주목해야 합니다. 피고인 이진숙이 죽인 사람은 다시 이 세상으로 돌아오지 않는다는 것입니다. 그래서 사람의 죽음은 안타까운 것입니다. 특히 범죄에 의한 사망은 말이죠. 아이러니하게도 본 변호인은 그래서 이진숙에게는 사형을 선고할 수 없다는 의견을 개진하고자 합니다. 불행히도 피고인 이진숙은 삶의 숭고함을 알지 못합니다. 형벌이라는 것은 기본적으로 행위에 대한 응보와 행위자에 대한 교화 두 측면이 공존합니다. 사형이라는 것은 행위에 대한 응보 효과만을 강조하는 것이고 행위자에 대한 교화는 사실상 포기하는 제도입니다.

물론 검사님의 말씀 취지처럼 교화가 불가능한 사람이 있고, 그 사람에 대하여는 응보 효과만을 가진 사형이라는 제도가 효과가 있을지도 모릅니다. 하지만 생명의 아름다움을 모르는 이진숙에게 그 생명을 빼앗는다 한들 이진숙에게 어떤 응보의 효과가 있을까요?

이진숙은 생명이 가지는 소중함과 아름다움을 모르는 사람이고, 이는 이진숙 자기 스스로에게도 해당하는 말입니다. 어쩌면 그래서 이진숙은 자신이 죽인 시체를 놓고 수없이 대화를 시도했는지도 모릅니다. 살아 있는 사람으로부터 그리고 자신으로부터 아름다움을 느끼지 못하였기에 죽은 시신과 대화를 한 것이지요. 이러한 이진숙에게 사형은 아무런 가치가 없는 행위입니다. 그저 두부 조각에 칼을 찌르는 행위와 같다고 봅니다.

존경하는 재판장님, 과연 이진숙에게 사형을 선고하는 것이 타당한지 재판부의 현명한 판단이 있기를 바랍니다."

김해산 변호사의 말이 끝나고 잠시 정적이 흘렀다.

"조 변호사님, 최후 변론하시죠."

자신의 차례가 온 조 변호사는 옷매무새를 매만지며 자리에서 일어났다.

"존경하는 재판장님, 피고인의 서두원에 대해 다음과 같이 변론을 하고자 합니다. 무릇 공모라는 것은 범죄를 공동 가공하여 범죄를 실현하려는 의사를 말합니다. 본건과 같은 살인죄라면 살인이라는 범죄를 공동 가공한다는 의사, 즉 고의가 서로 간에 결합해야 합니다.

피고인은 기소된 살인죄의 피해자들이 이진숙에 의해 잔인하게 살해를 당할 때 현장에 있지 않았습니다. 시체를 유기하는 것이 이진숙의 범행을 감추는 결과가 되었지만, 형법은 행위의 결과가 있는 것만으로 피고인을 처벌하지 않습니다. 결과 발생을 바라는 내심적 의도, 살인의 고의가 피고인에게 있어야 합니다. 물론 수차례에 걸친 살인 행위 속에서 이진숙이 또 살인을 저지를 수 있을 가능성 정도는 예측할 수 있었을지는 모르겠습니다만, 이진숙이 살인을 하는 것을 내심적으로 용인을 하지는 않았습니다.

이진숙이 납치한 치매 할머니를 이진숙 몰래 집에 데려다주고, 이를 비밀에 부친 것을 봐도 쉽게 알 수 있습니다. 이진숙이 사용하던 전기 충격기를 저수지에 버림으로써 더 이상의 범죄를 막으려고 한 것도 피고인입니다. 또한 지난 재판 과정에서 증인으로 심문한 피고인의 딸이 진술한 내용도 그 증거입니다. 피고인의 딸은 법정에서 피고인을 좋은 아버지이고 가정에 충실한 아버지라고 말했습니다.

그렇습니다. 피고인은 자신이 사랑하는 자신의 딸 그리고 자신의 가정을 지키기 위해 시체를 유기하였을 뿐 결코 이진숙을 위해 시체들을 숨긴 것이 아닙니다. 피고인은 생명의 소중함을 모르는 이진숙과는 다른 정상적인 사람입니다. 피고인 딸의 증언에 따르면 피고인은 잠을 자는 딸의 방에 조용히 들어가 딸의 손목을 잡고 울며 기도를 했다고 합니다.

피고인은 두려웠습니다. 무서웠습니다. 자신이 힘들게 이뤄놓은 가정이, 사랑하는 딸이, 가장 믿었던 배우자로 인해 깨어지는 것을 보면서 이를 막을 수 있는 것은 바로 자기 자신밖에 없다고 생각하였던 것입니다.

피고인은 악마가 아닙니다. 사랑하는 딸이 부모가 모두 있는 정상적인 가정에서 행복하게 자라기만을 바랐을 뿐입니다. 피고인은 딸을 위해서 악마의 탈마저 뒤집어쓴 것입니다.

오늘, 본 변호인은 그 악마의 탈을 모두 벗어 던진 한 딸의 아버지인 피고인의 모습을, 여론과 언론의 색안경이 아닌 진실의 눈으로 피고인의 참된 모습을 재판부가 잘 봐 주었으면 합니다. 이상입니다."

재판부는 피고인 이진숙에게도 발언 기회를 주었지만, 그녀는 재판 내내 아무 말도 하지 않았다. 수감 번호 38번이 쓰인 연두색 죄수복을 입은 그녀는 남의 일처럼 텅 빈 표정으로 재판을 관망했다. 별다른 표정 변화도 없었다. 삶에 대한 애착이 모두 사라져 버린 것처럼 몸을 흐물흐물하게 움직일 뿐이었다.

악마에 쓴 사람처럼 사악해 보이는 모습을 기대했던 방청객들은 이진숙을 보고 큰 충격을 받았다. 그녀는 작고 평범했을 뿐만 아니라 재판 내내 온화하고 또 서글퍼 보였기 때문이다.

사람들은 알지 못했다. 다신 사람을 죽이지 못할지도 모른다는 사실이 그녀에게 이미 사형 선고였다는 것을.

2주 뒤, 두 사람의 판결 선고일이 돌아왔다.

"자 오늘은 제가 이야기를 하는 자리입니다. 두 피고인, 자리에서 일어나 보세요. 판결을 선고합니다. 먼저 피고인 이진숙에 대해서 말하겠습니다. 피고인 이진숙은 공소 사실 모두를 인정하고 있습니다. 피고인이 동의한 증거들에 의하더라도 피고인이 저지른 살인죄에 대한 공소 사실 모두가 유죄로 인정됩니다.

양형에 있어서 보겠습니다. 재판부가 고민을 가장 많이 한 부분입니다. 먼저 피고인은 많은 피해자들을 무참히 살해하였습니다. 그 살해 수법도 굉장히 잔인합니다. 살해 동기 역시 치정이나 금품이 아닌 그저 자신의 재미만을 위한 것으로, 참작하는 데 전혀 여지가 없습니다. 또한 자신의 살인 행위를 피해 달아난 피해자를 숨겨 준 노인을 경찰이 보는 앞에서 잔인하게 살해하는 대범함도 보였습니다.

수사 기관, 재판 과정에서 보였던 태도 역시 반성의 여지가 없고, 개선 의지 역시 보이지 않았습니다. 아무리 고민을 해 보아도 피고인에게는 법정 최고형인 사형을 선고할 수밖에 없다는 결론에 이릅니다.

다음으로 피고인 서두원에 대해 보겠습니다. 피고인 서두원은 사실 관계를 모두 인정하나 살인죄의 공모 관계를 부인하고 있습니다. 이 사건은 수 개의 살인죄로 기소되었는데 이진숙이 살인 행위를 마치고 피고인에게 시체의 위치를 알려 주며 유기를 부탁하거나, 시체를 가져오는 시점은 이미 이진숙에게 살인죄가 성립된 이후입니다. 범죄가 성립된 이후에는 이에 가담하더라도 형법상 공범 관계가 성립할 여지는 없다고 판단했습니다.

이진숙은 살인 행위에 있어 아무런 감정의 동요가 없는 사람입니다. 이진숙은 사람을 살해하기 전 피고인에게 그 살해를 예고하지도 않았고, 아무리 부부라 하더라도 이진숙의 개별적인 살해 행위를 매번 예측하기는 어려웠으리라 보입니다. 다만 피고인의 시체 유기 행위는 이진숙으로 하여금 다음 살해 행위를 보다 쉽게 결심하게 하는 데 도움이 됐을 것입니다. 형법상 방조라는 것은 물질적인 것뿐만 아니라 정신적인 방조 행위 역시 포함하는 개념이고, 피고인 역시 여러 차례에 걸친 시체 유기를 하면서 이진숙의 다음 범행을 보다 쉽게 결심하게 해 줄 수 있겠다는 점은 인식하였으리라 판단됩니다.

즉, 피고인에게는 미필적이나마 방조의 의사가 있었을 것으로 보입니다. 피고인의 살인에 대해서는 무죄를 선고하되 다만 공범의 공소 사실에는 방조 행위가 포함되어 있고, 공범으로 기소된 사실을 방조로 인정하더라도 피고인의 방어권 행사에 영향을 미치지 않는다고 판단되므로 피고인에게는 살인 방조죄에 대해 유죄를 선고합니다. 아울러 함께 기소된 시체 유기죄에 대해서는 피고인도 인정하고 있으므로 이에 대해서도 유죄를 선고합니다.

양형에 대해서 보건대 피고인 딸의 증언과 정신 감정 결과 등을 종합하여 볼 때 피고인이 범행에 이르게 된 경위에 대해 참작할 여지가 있다고 볼 수 있습니다. 피고인은 초범이고, 사실 관계 자체는 인정하며 반성을 하고 있으므로 다음과 같이 선고합니다.

피고인 이진숙에 대해 사형을 선고한다.

피고인 서두원을 징역 3년에 처한다. 다만 이 판결 확정일로부터 5년간 피고인 서두원의 형 집행을 유예한다."

"나이스!"

조 변호사는 순간 소리를 지를 뻔했지만 간신히 웃음을 참으며 법정에서 나왔다.

재판 결과로만 놓고 보자면 김해산 변호사는 완패, 자신은 완승을 거둔 것이나 다름없었다.

'후후후…. 언론에서 무지하게 써 재끼겠구먼.'

조 변호사는 마치 자신이 풀려난 것처럼 기분이 좋았다. 그 수많은 재벌 2세, 3세들의 무죄를 받으면서도 시큰둥했던 조 변호사였다. 무죄를 받아 낸 것도 아니었지만 어쩐지 기분이 날아갈 것 같았다. 이 사건으로 안 그래도 천정부지로 올라간 그의 몸값은 백지 수표가 됐다. 이젠 부르는 게 값이었다.

그때 조 변호사를 향해 인욱과 경찰 몇 명이 다가왔다.

"조민재 씨 맞으시죠?"

"네? 왜 그러시죠?"

"당신을 성폭력 범죄의 처벌에 관한 특례법 위반(카메라 등 불법 촬영)죄로 체포합니다. 변호사를 선임할 권리가 있고, 변명할 기회 역시 주어집니다. 또한…."

"어? 어? 이… 이봐! 잠시만…."

"일단 가시죠. 가서 이야기하자고요."

조 변호사는 그제야 정우가 블랙박스 영상을 경찰에 넘겼음을 알게 됐지만, 이미 상황을 돌이키기엔 늦은 후였다. 경찰이 양팔을 잡으려고 하자 조 변호사가 신경질적으로 팔을 뺐다.

"옷 구겨지게 뭐 하는 짓이야? 이게 얼마짜린 줄 알고! 당신네 연봉으로도 못 사는 거야. 난 내 발로 갑니다, 내 발로."

정우는 덩치와 어울리지 않게 좁은 보폭으로 법원을 나섰다.

자신이 뱉는 것이 날숨인지 한숨인지 구별되지 않았다. 그는 이진숙, 서두원의 재판 그리고 경찰에 체포되는 조 변호사의 모습을 보고 나왔다. 애당초 후련하다거나 시원하다거나 그런 감정을 기대한 것은 아니었다. 하지만 예상보다도 더 마음이 헛헛하고 공허했다.

'모두가 나름의 죗값을 받았다. 나만 빼고. 이미 놓친 것은 돌아오지 않는다. 사람도, 시간도.'

그는 장모님 댁에 들러 수아를 데리고 집에 갈까 했지만 이내 발길을 돌렸다. 그리고 한참을 정처 없이 걸었다. 몇 번의 다리를 건너고, 자신이 지금 어디까지 왔는지 모를 정도로 멀리 온 듯했다. 주변 풍경이 낯설어질수록 묘하게 마음이 편해졌다.

그는 그동안 자신이 길을 잃었다는 것을 인정하기 어려웠다. 그렇게 두 다리가 후들거릴 때까지 걷던 정우는 왔던 길을 돌아 돌아 집으로 왔다.

정우가 집에 들어갔을 때 불이 꺼진 거실에 찬바람이 감돌았다. '내가 창문을 열어 두고 나갔던가?'

집 안에 낯선 공기가 가득했다. 정우는 온몸에 한기가 돌면서 왠지 모를 소름이 끼쳤다. 그는 주변을 살피며 천천히 발을 내디뎠다.

♬ 우리 함께 노래하면 꿈의 나라로 갈 수 있어. 세상이 이렇게 빛나는 건 함께 있기 때문이야. 나쁜 마녀도 우리 함께라면 두렵지 않아. ♪

수아가 좋아하는 만화 음악이 낡아 빠진 카세트에 녹음된 것처럼 거친 질감으로 귓가를 긁었다.

'환청인가?'

그때 머릿속에 여자 손가락이 현관문 비밀번호를 조심스럽게 누르는 모습이 보였다. 이진숙의 기억이었다.

'역시 이진숙은 도어락 비밀번호를 알고 있었어. 전에 왔을 때 봐 둔 거겠지.'

정우는 바짝 마른 입속에서 혀를 굴렸다. 드디어 그날의 진실을 마주하는 걸까?

이진숙이 신발장 바로 앞 중문을 열었을 때 처음 들렸던 것역시 만화 영화 주제가였다. 그리고 안방에서 웬 남성의 목소리가 들렸다. 귀를 기울여 보니 정우의 목소리였다.

진숙은 집 안에서 들리는 남자의 인기척에 적잖이 놀란 눈치였다. 정우가 집에 있을 것이라는 생각은 하지 못했던 게 분명했다. 정우는 늘 집을 비웠으니까.

진숙이 잠시지만 다시 집을 나가야 하나 고민했던 것을 보면 확실했다. 안방에서 정우와 지수가 언성을 높이는 소리가 들렸다. 분명 이진숙은 출입구에서 소리를 엿듣고 있었지만, 정우의 머릿속에서는 안방에서의 상황이 펼쳐지듯 그려졌다. 이진숙의 기억이 잊고 있던 정우의 기억도 불러일으킨 것이다.

정우는 진숙의 기억과 자신의 기억이 혼재돼, 혼란스럽지만 훨씬 입체적으로 당시 상황을 볼 수 있었다.

"다 알고 있다면 더 할 말 없겠네⋯. 우리 이혼하자. 실은 오늘 그 말을 하려고 온 거야."

정우는 기억 속에서 '이혼'이라는 단어를 듣자마자 가슴이 철렁 내려앉았다. 이혼 이야기를 꺼낸 건 지수가 아니라 정우였던 것이다. 곧 지수가 작은 몸을 부들부들 떨면서 절규했다.

"이혼하자는 것도 모자라서 수아까지 빼앗아 가겠다는 거야?"

"수아의 미래를 생각해서⋯ 수아는 내가 키우는 게 나아."

"왜, 그 여자, 이름이 혜수랬나? 그 여자가 수아를 키워 주겠대?"

"더 이상의 대화는 무의미한 것 같다. 나 갈게."

우는 지수를 두고 정우는 미련 없이 뒤돌아섰다. 지수가 혼잣

말하듯 되뇌던 말이 가는 정우의 발목을 잡았다.

"오늘이 무슨 날인지는 알아?"

"오늘?"

정우는 머리를 굴렸지만 아무것도 떠오르지 않았다. 그때 안방에 걸려 있는 결혼사진 속 자신과 눈이 마주쳤다. 사진 속의 정우는 보타이를 매고 정장을 입은 채 지수의 이마에 입을 맞추고 있었다. 하얀 면사포를 덮은 지수는 수줍은 미소를 지었다.

'혹시 결혼기념일?'

정우는 차마 입 밖으로 내뱉진 못하고 속으로 생각했다.

"나는 당신이 모처럼 일찍 들어오고… 또 선물도 사 왔길래 기억하는 줄 알았는데."

정우가 서류 가방 속에 두었던 잘 포장된 귀걸이 박스에 시선을 돌리며 말했다.

"내 가방 뒤졌어?"

"혹시 그것도 그 여자 거야? 지금 그 여자한테 가는 거야?"

"그래…."

19
기억과 진실

절망에 빠진 사람의 얼굴은 아름답지 않다.

정확히는 아름다울 수 없다.

외모는 시각적인 것이고 절망은 심정적인 것이지만, 심정적인 것이 시각적인 것을 압도한다고 해야 할까? 지금은 아기자기한 이목구비도 별반 소용이 없었다.

추억 속에 늘 아름답게 빛나던 지수는 그 자리에 없었다. 오랜 우울증으로 생기가 빠져나간 멀건 얼굴에, 슬픔으로 축 처진 입꼬리까지. 살아 숨 쉬는 생물 같다기보다는 절망으로 빚은 인형 같았다. 기억 속 자신의 말에 정우는 경악을 금치 못했다.

'말도 안 돼⋯. 그럼 그 귀걸이가 지수 것이 아니라 혜수를 주려고 샀단 말이야?'

지수가 가방에 든 귀걸이 상자를 꺼내서 거실에 내동댕이쳤다.

이런저런 생각에 잠길 새도 없이 기억 속의 지수가 결연히 말했다.

"그럼 나만 없어지면 모든 게 완벽하겠네. 좋아. 소원대로 해 줄게."

지수는 이성을 잃고, 고장 난 로봇처럼 고개를 삐걱거리더니 안방에 난 창문 쪽으로 뛰어나갔다. 방충망이 열리면서 창틀에 세게 튕기는 소리가 났다.

"너 지금 뭐 하는 거야!"

지수가 창문 밖으로 상반신을 밀어 넣자 당황한 정우가 급히 달려가 지수의 팔을 잡았다.

"왜? 소원대로 해 주겠다는데. 이거 놔!"

"이러지 마, 윤지수! 정신 차려!"

"이거 놓으라고!"

지수가 애통해하며 몸부림쳤다. 일단 창문에서 떨어뜨려 놓는 것까진 했지만 지수는 여전히 진정하지 못한 채 창문 쪽으로 가려고 했다. 정우는 그런 지수의 손목을 세게 잡았고, 지수는 그 손을 뿌리치기 위해 있는 힘껏 팔을 휘둘렀다.

결국, 힘의 균형이 틀어지면서 두 사람은 침대 옆 공간으로 처박혔다. 좁은 공간에 두 사람의 팔과 다리가 뒤엉키자 지수가 먼저 상체를 세워서 정우의 뺨을 쳤다. 정우는 아랑곳하지 않고 지수의 손목을 양손으로 다시 단단하게 잡았다.

"이거 놔…! 이거 놓으라고…."

정우가 흐느끼는 지수를 보고 천천히 손을 놓았다. 지수의 손목에 선명하게 손자국이 남았다.

"미안해. 내가 말이 너무 심했어. 그렇다고 이렇게 극단적으로…."

정우는 그렇다고 죽을 생각을 하느냐고, 버럭 화라도 내고 싶었지만 참았다. 그는 침대에 등을 대고 앉아서 우는 지수를 한참 동안 지켜보았다. 시간이 지나자 지수의 울음이 조금씩 잦아들었다. 그녀는 엉망이 된 얼굴로 말했다.

"나가."

"미안해. 그래도 죽을 생각은 하지 마. 수아도 생각해야지."

"나가라고, 당장! 혼자 있고 싶어."

"내가 나가면 너…."

"안 죽어. 혼란스러워서 그래. 잠시 혼자 있고 싶어."

붉게 부어오른 지수의 얼굴을 보니 정우도 후회가 되었다.

'좀 더 타이르듯 말했어야 했는데….'

정우는 그 순간에서마저도 자신의 목적을 달성하기 위해 약삭빠르게 머리를 굴리는 자신의 모습이 낯설었다.

아무리 그래도 그렇지, 지수가 정말 죽겠다고 나올 줄은 생각도 못 했다. 심장 박동이 미친 듯이 뛰었다. 지수가 혹시나 극단적인 선택을 할까 봐 조마조마했다.

일단 방에서 나왔지만 후들거리는 다리에 힘이 풀려 정우는 거실 한가운데 주저앉았다. 반쯤 넋이 나갔던 정우는 자신의 뒤로 검은 마스크를 쓴 누군가가 천천히 다가오고 있음을 눈치 채지 못했다.

　-탕.

진숙이 정우의 뒤통수를 야구 배트로 후려쳤다. 소리처럼 완벽한 홈런이었다.

정우는 맥없이 바닥에 쓰러졌다. 진숙은 방심하지 않고 쓰러진 정우의 머리를 또 한 번 세게 가격했다. 신발장 옆 진열대에서 꺼낸 야구 방망이를 쓰러진 정우의 옆에 아무렇게나 던져놓고, 진숙은 안방 문고리를 잡았다. 문틈 사이로 침대 옆 구석에서 쭈그려 앉아 울고 있는 지수의 뒷모습이 보였다.

문을 열자 활짝 열려 있는 창문으로 싸늘한 바람이 쌩하고 들어왔다. 찬바람 때문인지 진숙의 목 뒤쪽에 난 털이 쭈뼛 섰다. 울고 있던 지수가 고개를 들어 문 쪽을 바라봤다. 그녀는 자신을 달래러 온 정우라고 생각했다. 하지만 촉촉한 눈가에 흐릿하게 보이는 사람은 정우가 아니었다.

"누구…."

그때 진숙이 얼굴을 가리고 있던 검은색 마스크를 살짝 벗어 보였다. 진숙은 즐겨 입는 노란 카디건에 플리츠 치마 차림이 아니었다. 검은 바지에 어두운색 잠바, 그리고 마스크에 가죽 장갑까지, 차림이 평소와는 전혀 딴판이었다.

"연희 언니? 언니가… 어쩐 일이에요?"

"응. 너 도와주려고 왔지."

진숙은 싱긋이 웃었다. 난데없는 그녀의 등장에 지수가 당황하는 사이 진숙은 지수의 코앞까지 다가왔다. 그리고 주저앉아 있던 지수의 멱살을 잡고 거칠게 당겼다. 전혀 예상치 못했던 진숙의 행동에 지수는 다리에 힘이 풀렸는지 속수무책으로 질질 끌려갔다. 진숙의 악력은 엔간한 남자만큼 셌다. 지수가 몸부림을 치며 그녀의 손아귀에서 벗어나려고 했지만 소용없었다.

"언니, 왜 그래요! 이, 이러지 마요."

지수가 공포에 질린 표정으로 간신히 말을 뱉었다.

"어머, 왜? 너 죽고 싶다며."

진숙이 지수의 멱살을 잡은 손을 창문 쪽으로 끌어 올렸다. 지수가 버둥거리며 진숙을 발로 밀어냈다. 지수의 발길질이 방해되었던 진숙은 무릎으로 지수의 복부를 찍어 올렸다.

-헙.

지수가 고통에 몸을 수그렸고, 버둥거리던 발길질도 멈추었다. 진숙이 다시 한번 힘이 빠진 지수를 들어 창문으로 넘기려 하자 이번엔 지수가 진숙에게 힘껏 매달리기 시작했다.

진숙이 입고 있던 잠바가 거의 벗겨지기 직전이 되자 진숙은 주먹으로 지수의 얼굴을 강타했다. 휘청이던 지수의 상반신이 창문 위로 올라갔다.

"에이씨! 이제 좀 떨어지라고!"

진숙은 신경질적으로 자신의 어깨를 잡고 있는 지수의 팔을 떼어 냈다.

상반신에 이어 지수의 하반신이 창틀에 미끄러지듯 걸쳐지는 듯했지만, 무게를 견디지 못하고 아래로 떨어졌다. 지수의 손이 창틀을 잡으려고 허우적대다가 그대로 바닥에 추락했다.

"와우."

지수는 비명도 삼킨 채 19층에서 추락했다.

생각보다 긴 시간이기도, 생각보다 짧은 시간이기도 했다.

진숙은 사람이 떨어지는 모습은 처음이라는 듯 흥미롭게 감상했다. 이어 둔탁하게 바닥에 뭔가 부딪히는 소리가 났고, 몇 초 간격을 두고 사람들의 비명이 들려왔다.

"아우 씨, 힘들어. 야리야리하게 생겨서 뭔 힘이 저리 세?"

진숙은 대수롭지 않은 표정으로 구시렁거리다가 다시금 창문 밖을 보며 피식 웃었다.

"뭐야, 혹시 살고 싶은 거였나?"

진숙은 격렬한 몸싸움으로 빠질 뻔했던 가죽 장갑을 다시 손에 맞추어 꼈다. 이번엔 만화 영화 주제가가 흘러나온 아이의 방으로 향했다. 수아는 부모가 싸우는 모습이 무섭고 싫었다. 그래서 수아는 노래를 크게 틀어 두고, 이불 속으로 들어가 있었다.

진숙은 망설임 없이 수아의 얼굴에 청테이프를 감았다. 창밖으로 멀리서 구급차와 경찰차 사이렌 소리가 희미하게 들렸다.

'아씨, 시간이 없어.'

놀란 아이가 비명을 질렀지만 어린아이라 제압하는 것은 일도 아니었다.

진숙은 화장대에서 패물 몇 가지와 거실에 나뒹구는 귀걸이를 집어 들고 유유히 집을 빠져나왔다. 그리고 비상구 계단을 이용해서 바로 위층으로 갔다.

20층 집 주인이자 진숙과 조리원 동기였던 여자는 잠시 볼일을 보기 위해 이제 막 100일된 아기를 진숙에게 맡기고 외출 중이었다. 진숙이 현관문을 열고 들어왔을 때 연수와 20층 딸아이는 방에서 TV를 보며 배달된 피자를 먹느라 여념이 없었다. 진숙은 아기가 자는 방으로 조용히 들어갔다. 분명 재우고 나갔는데 어느새 아기는 깨서 모빌을 보며 놀고 있었다.

"아가, 착하지. 울지도 않고."

아기가 깨서 큰 소리로 울었다면 안방에 있던 아이들이 나왔을지도 모르고, 그랬다면 진숙이 잠시 집을 비운 사실을 들켰을지도 몰랐다. 진숙은 기특하다는 듯이 분홍색 아기의 뺨을 검지로 톡톡 쳤다.

그녀가 검은 바지와 잠바를 벗고, 원래 입고 왔던 옷으로 갈아입자마자 현관문에서 누군가 들어오는 소리가 났다. 20층 여자였다.

얼굴이 사색이 돼서 들어온 여자는 진숙의 품에 있던 아기를 보며 마음을 가라앉혔다.

"연희야, 어떡해!"

"왜 그래요? 무슨 일 있어요?"

"우리 아파트에서 사람이 떨어졌나 봐. 혹시 알았어?"

"아뇨. 아가 옆에서 깜빡 잠드는 바람에 전혀 몰랐어요. 근데 사람이 왜 떨어져요?"

"몰라⋯. 지금 1층에 경찰이랑 구급차랑 난리야. 바닥에 핏자국도 그렇고 너무 소름 끼쳐."

"어머! 어쩜 이런 일이⋯."

진숙은 거의 울 것 같은 표정을 지었다. 드라마 속 인물들처럼 입술도 지그시 깨물어 보았다.

"언니, 너무 무서워요. 저⋯ 집에 어떻게 가요."

여자는 불안해 보이는 진숙을 보니 마음이 무거웠다.

"미안해. 연희 씨가 나 도와주러 왔다가 괜히 무서운 것만 보고 가는 거 아닌가 몰라."

"언니, 저 오늘 여기서 자고 가도 돼요? 애 데리고 거기 지나갈 생각 하니까 너무 무섭고 오싹해서요."

"당연히 되고말고. 자고 가."

"정말요? 다행이다. 언니, 고마워요."

"고맙다니! 오히려 내가 너무 미안한데⋯."

"언니가 미리 알았던 것도 아니고."

"우리 연희 씨는 너무 착해. 너무 착해서 손해만 보고 사는 거 아닌지 몰라."

"에이…. 아니에요."

연희는 손으로 한쪽 머리를 우아하게 쓸어 올리며 수줍게 웃었다.

"오늘은 자고, 내일 아침 겸 점심이나 먹고 천천히 나가자."

그녀는 고개를 끄덕이는 것으로 대답을 대신했다.

✦

이진숙의 범행 동선은 예상했던 대로였다. 물론 예상했음에도 놀라운 것은 사실이었다. 이렇게나 간단히 범행을 저지르고 알리바이를 만들었다니.

정우는 그제야 돌아온 자신의 기억을 재정렬했다.

'어떻게 된 거지?'

'내가 지수에게 이혼하자고 했다고?'

'선물? 그래, 샀지.'

'근데 이게 지수 것이 아니라니….'

이제야 잊고 싶었던 정우의 기억이 돌아왔다. 둘의 관계를 끊어 내려고 했던 것은 정우가 아닌 혜수였다. 혜수는 더 이상 이런 불안정한 관계를 지속하기 어렵다고 했고, 정우는 그런 그녀를 붙잡기 위해 지수와 이혼을 결심했다.

그날 밤도 혜수를 만나러 갈 참이었다. 그녀에게 정식으로 프러포즈할 선물을 들고서.

'순간적으로 눈이 멀면 아무것도 보이지 않는 거야.

나는 기억을 지우다 못해 왜곡한 거야.

내가 지수에게 어떤 짓을 했는지 기억하기 싫어서.

내가 그토록 나쁜 사람이었다는 사실을 인정하기 싫어서.'

사실 정우도 알고 있었다. 기억이란 게 진실만을 말하는 건 아니란 것을. 기억은 머릿속에서 주관과 해석에 따라 재입력된다.

'왜 나는 기억 속에서 진실을 구했을까? 애초 그 안에 진실 따윈 없는데.'

사람은 종종 사소한 디테일을 잘못 기억하곤 한다.

'어? 그때 봤던 색깔이 아닌데? 난 좀 더 파란 계열이라고 생각했는데.'

'여기가 이렇게 좁았던가? 난 더 넓은 줄 알았는데'

또한 남의 호의를 새하얗게 잊어버리고, 오직 자신의 노고에만 집중하기도 한다.

기억 속에 나는 내 필요에 따라 실체보다 더 나은 사람일 수도, 더 못한 사람일 수도 있다. 온전한 나의 선택이었음을 부정할 수 없음에도.

'그땐 상황이 어쩔 수 없었어. 누구라도 그랬을걸?'하고 마치 떠밀린 것처럼 과거 자신의 선택을 합리화하기도 한다.

수치심에서 자신을 구원하기 위해 남을 탓하고, 자신의 잘못은 희미하게 지워 버리는 경우도 잦다.

그렇게 스스로 거짓말을 끊임없이 되뇌고 나면….

충분히,

자신도 그 거짓말에 속을 수 있다.

✦

텅 빈 집에서 정우는 수아의 손을 잡고 있었다.

"우와! 우리 집 진짜 넓다. 이렇게 넓었다니."

"그러게, 다 비우고 나니까 진짜 넓어 보인다."

수아는 짐이 모두 빠져나간 텅 빈 집에서 아쉬운 듯 이곳저곳을 둘러봤다.

"이사 갈 집은 이 집보다 더 좁아."

"괜찮아. 대신 짐이 줄었잖아."

수아가 자신의 방과 작별 인사를 하는 동안 정우는 안방으로 들어갔다. 자신과 뒤엉켜 싸우던 지수의 모습이 생생하게 보이는 듯했다.

이진숙의 말대로 지수는 자신이 죽인 걸 수도 있다.

'베란다에서 지수를 민 것은 이진숙이었지만 지수를 베란다까지 가게 한 것은 바로 나였으니….'

그는 아직도 결정하지 못했다. 머릿속에 들어와 앉아 있는 수명의 기억들을 어떻게 해야 할지.

저번처럼 기억을 다시 지울 것인지. 아니면 그냥 이대로 살아

갈 것인지를.

"아빠, 이제 가자. 배고프다."

"응, 가자."

자신의 방과 작별 인사를 모두 마친 수아가 신발을 신었다.

정우가 엘리베이터를 기다리는 동안 수아가 뭔가 떠올랐는지 정우에게 말했다.

"아빠! 잠시만 기다려 봐."

수아는 다시 집으로 들어가더니 금방 나왔다.

"왜, 뭐 놓고 나왔어?"

"비밀이야."

수아는 대답 대신 아빠를 향해 웃어 보일 뿐이었다.

수아가 만든 종이학이 바람에 한쪽 날개를 푸드덕댔다. 종이학은 바람에 실려 부드럽게 안방 창틀에서 미끄러져 나왔다. 그리고 천천히 바람을 타고 날았다.

〈끝〉

죄와 벌

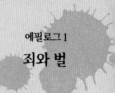

노인의 팔자주름은 찰흙을 모형 칼로 그어 놓은 것처럼 깊게 패여 있었다.

노인이라고 할 만한 나이는 아니었지만, 하얗게 센 머리 때문인지 '아저씨'보다는 '노인'이란 호칭이 더 어울렸다.

선량해 보이던 얼굴은 온데간데없고, 만성이 된 피곤한 기색만이 역력했다. 오직 눈빛만이 지치지 않았다. 한이 서린 먹색의 눈동자가 그 기운의 원천이었다. 누구나 그의 눈을 보면 말 붙이기를 꺼려했는데 뭐랄까, 제정신이 아닌 것처럼 보였기 때문이다.

그 엇나감이 전염이라도 될 것처럼 사람들은 그를 불길하게 여겼다. 하긴 미치지 않고서야 매일같이, 눈이 오나 비가 오나, 사계절이 다 가도록 법원 앞에 나오는 일은 할 수 없었을 것이다.

　서두원은 오늘도 법원 앞에서 자기 몸집보다 큰 피켓을 들고 서 있었다. 뙤약볕에 눈가가 시큰거렸다. 그가 어지러운지 몸을 가누지 못하고 휘청이며 바닥에 풀썩 주저앉았다. 짜디짠 땀방울이 관자놀이를 타고 눈가로 흘러들어왔다. 따가워서인지 그는 눈을 이상스럽게 자주 깜빡였다.

　오가는 법원 직원들과 업무를 보러 온 시민들 모두 쓰러진 그에게 눈길조차 주지 않았다. 이제 그는 불쾌한 감정마저 낭비인 배경이 되어 있었다. 풍경도 아닌 배경에 눈길을 줄 이유는 더욱 없었다. 간혹 '왜 저러고 사느냐' 싶은 눈길을 노골적으로 흘리며 혀를 차는 사람이 있었는데 그들이 되레 순진하게 느껴질 정도였다.

　그가 들고 있는 피켓엔 궁서체로 붉은 글씨와 파란 글씨가 요란하게 적혀 있었다.

　경찰 · 검찰의 짜 맞추기 수사가
　아내를 살인범으로 만들었다.

　한 가족을 풍비박산 낸 재판부를 규탄한다.
　김서윤 판사
　김수민 검사
　김인욱 경위
　이들은 희대의 사기꾼이다!

그는 매일 아내의 무죄를 외치며 법원 앞에서 1인 시위를 했다.

고등학생이 된 딸 연수는 학교가 끝나면 아빠를 데리러 법원에 왔다. 또래 친구들이 학교 수업을 마치고 학원에 갈 때 연수는 법원 앞으로 갔다. 연수가 오면 서두원도 퇴근할 시간이 된 것처럼 고분고분하게 집으로 돌아갔다.

"아빠… 이제 집에 가자."

"응."

"피켓 이리 내. 내가 들게."

"됐어."

"오늘 저녁엔 뭐 먹을까?"

"김치찌개 해 줄까?"

"응! 돼지 목살 팍팍 넣어서."

"그래, 마트 들러서 가자."

이따금 유가족들이 서두원을 찾아와 멱살잡이하며 피켓을 발로 차서 부러뜨렸다. 썩은 내가 나는 오물을 던지는 일도 다반사였다. 그들은 진숙이 무참히 살해한 아버지와 딸과 아들의 가족들이었다. 그들은 이진숙이 무죄라고 주장하는 것 자체가 피해자들을 두 번 죽이는 일이라고 생각했기에 견딜 수 없었다.

어느 날은 오물을 뒤집어쓴 아빠를 본 연수가 진저리가 난다는 듯 울먹였다.

"아빠…. 이제 그만해. 우리 엄마 살인자 맞아."

"연수야, 네 엄마는 살인자가 아니야."

"정신 차려! 지금 아빠가 충격으로 다 잊어버려서 그런 거지. 아빠도 알고 있어. 엄마가 살인마라는 거!"

서두원이 눈물을 흘리며 고개를 세차게 저었다.

"연수야, 네 엄마는 그럴 사람이 아니야. 세상 사람들이 다 손가락질해도 가족인 너랑 나는 엄마를 믿어 줘야지…. 언젠가는 진실이 밝혀질 거야."

"진실? 진짜 진실을 말해 줄까? 내가 살인자의 딸이라는 거야! 그게 진실이야!"

정우도 법원 앞에서 시위 중인 서두원은 본 적이 있었다.

황미영이 기억 삭제·이식술의 부작용으로 치매가 왔던 것처럼, 서두원도 수술의 부작용으로 기억이 지워진 거라고 추측할 뿐이었다.

이제 서두원에게 남은 것은 순수한 억울함뿐이었다.

대체 벌은 누가 받고 있을까?

교도소에 있는 이진숙일까, 기억을 잃은 채 억울함만 남은 서두원일까, 모든 것을 기억하는 연수일까….

　정우는 살기 위해서 몸을 고단하게 굴렸다.

　몸이 조금이라도 편해질 때면 누군가 두개골 사이에 정을 놓고 두드리는 기분이 들었다. 곧이어 머리가 반으로 쩍 갈라질 것 같은 불안감에 시달렸다.

　아침에 눈을 뜨면 지수에 대한 죄책감과 자기혐오가 문안 인사라도 하려는지 번번이 찾아왔다. 그럴 때마다 정우는 '그래. 나 개 후래자식인 거 안 잊어버렸으니까 안심하고 가도 좋아.'라며 자신을 비웃었다. 영혼을 옭아매는 과거에 맞설 방법은 없었다. 원래 잊으려고 하면 할수록 뇌에 인이 박히는 법이었으니까.

　참 우스웠다. 어떤 기억을 잊고 싶다는 생각을 할 때마다 그 기억엔 이른바 '신상' 딱지가 붙게 된다. 뇌에선 케케묵은 기억에 다시금 생기를 불어넣는다. 더 잊지 못하도록 꽁꽁 붙들어 매는 것이다. 나의 '잊고 싶다.'는 신호를.

자신의 기억만으로도 충분히 복잡한데, 종종 서두원과 이진 숙의 기억까지 떠오르면서 머릿속이 아주 엉망이 될 때가 있었 다. 기억 삭제술을 하고 싶다는 생각도 들었지만 또 도망칠 수 는 없었다.

"어? 수아 데리러 갈 시간이다."

자신을 짓누르는 기억이 유일하게 이기지 못하는 게 수아였 다. 정우는 수아와 관련된 일을 할 때마다 잠시지만 머릿속이 가뿐해지는 것을 느꼈다. 수아가 없을 때는 조깅을 하고, 스쾃 과 플랭크, 윗몸 일으키기 등으로 몸을 혹사했다. 몸이 너무 힘 들면 생각할 겨를이 없었으니까.

본의 아니게 몸이 좋아지고 있었다. 크고 작은 근육이 붙었 고, 체력이 좋아졌다.

"아빠!"

학교 정문에서 뒷짐 지고 서성이는 정우를 보고 수아가 전속 력으로 달려왔다. 그는 그런 수아를 번쩍 들어 올렸다.

"꺅!"

하교하는 수아 또래 친구들이 두 사람을 곁눈질했다.

아이들은 '저 집 아빠는 일도 안 하나? 이 시간에 매일 데리러 오게?' 싶은 마음과 함께 부러운 마음이 동시에 솟는 표정을 감추지 못했다.

"수아야, 오늘 네가 좋아하는 왕돈가스 먹으러 갈까?"

"좋아! 여기서 좀 멀지 않아?"

"그거야 버스 타고 가면 되지."

덜컹거리는 버스 안.

정우와 수아는 맨 뒷좌석에 앉아서 기분 좋은 오르내림에 몸을 맡겼다. 모르는 사람들의 뒤통수도 함께 위아래로 부드럽게 흔들거렸다.

맨 앞자리에 앉은 할머니는 뭐가 들었는지 모를 봇짐을 애지중지하며 품에 끌어안고 있었다. 기껏 해 봐야 갓 짠 참기름 몇 병 같은데…. 뒷자리까지 고소한 냄새가 흘렀다. 그 뒷, 뒷좌석에 앉은 젊은 여자는 검은색 정장을 입고 있었는데, 새로 산 구두 탓인지 발뒤꿈치에서 피가 나고 있었다. 반창고를 챙겨오지 않은 게 분명했다. 그녀는 발뒤꿈치는 가볍게 무시할 정도로 어떤 감정에 몰두하고 있었다. 굳이 그 감정에 이름을 붙이자면 '심란하다'쯤 될 것이다.

버스 뒷문에서 서 있는 초로의 남성은 미간에 생긴 깊은 주름 때문에 가만히 있어도 인상을 쓰고 있는 것 같았다. 관상으로 평가하면 안 되지만 괜한 싸움에 왕왕 휘말리게 생겼다고나 할까? 처음엔 차가 흔들려서 그런 줄 알았는데 다리 한쪽을 조금 절었다. 마지막으로 노약자석에 앉아 있는 젊은 엄마, 그녀는 생후 4개월 남짓 되어 보이는 아기를 달래고 있었다.

"배고프구나, 조금만 참아."라며 칭얼거리는 아기의 이마에 연신 입을 맞췄다. 버스 안에서라도 수유를 해야 하나, 내적 고민이 시끄러운듯 보였다. 눈이 퀭한 것이 제대로 잠을 자 본 지가 오래된 것처럼 보였다.

생면부지의 사람들 뒤통수만 봐도 알 수 있다. 이 사람들 또한 지우고 싶은 기억이 있겠지….

왜 없겠는가. 어떤 삶이라고 녹록하기만 할까.

망각.

정우는 오래도록 망각에 집착했다. 신은 누구에게도 망각을 선물처럼 주지 않기에….

하지만 이제야 조금 알 것도 같다.

망각은 의지다. 그것은 기억을 잊으려는 노력이 아니다.

그저 피곤한 몸을 이끌고 만원인 지하철을 타고, 쌓여 있는 일 더미를 차근차근 하나씩 줄여 나가는 것.

전날 친구, 애인, 가족과 나눴던 실없는 농담을 떠올리며 피식 웃고, 퇴근 후 밀린 집안일을 하고, 아이들을 먹이고 재우면서 결국 그 옆에서 자신도 곯아떨어지는 것.

나쁜 기억에 틈을 주지 않는 것이다.

나의 평범한 일상을 헤집어 놓지 못하도록.

평생 고문관처럼 자신을 따라다닐 것 같은 그런 기억도 결국

세월 속에 찬찬히 옅어지면서 결국은 흐려지고, 끝내는 담담해진다.

사람들은 매일 그 위대한 일을 해내면서 살고 있다.

갑자기 사람들 뒤통수에서 아우라가 피어오르는 것처럼 보였다. 어쨌든 이 사람들 모두 오늘 하루를 보내고 있었으니.

"아빠, 다 왔어. 내리자."

—삑.

수아가 팔을 뻗어 벨을 눌렀다.

과거의 기억이 현재의 자신을 망치지 못하도록, 그는 아이와 함께 밥을 먹을 것이다. 자신의 머릿속에 든 고약한 기억들과 싸우는 것은 이 정도로 충분하다.

일도 없고 딱히 약속도 없는 평범한 주말 아침, 정우는 산책로를 따라 걷고 있었다.

산책은 수아와 늘 함께였지만 요즘 따라 수아가 아침잠이 늘었는지 좀처럼 따라 나올 생각을 하지 않았다. 언제까지나 아빠를 따라다니기 좋아하는 딸인 줄 알았더니 정우는 새삼 서운한 마음이 들었다.

집에서 나오는 게 힘들지 막상 나오면 상쾌한 바람에, 내리쬐는 햇볕에 기분이 좋아졌다. 정우는 바닥을 향해 묵직하게 누르는 발걸음을 떼어 공중에 가볍게 띄웠다. 늘 걷던 거리를 뛰었더니 오늘은 평소 산책 시간보다 일찍 목표했던 지점에 도착했다.

그는 원래의 산책 코스에서 비스듬히 벗어나기 시작했다. 누가 보면 목적지를 정한 채 뛴다고 생각될 만큼 자신만만하게 뛰었지만 사실 발이 닿는 대로 가고 있었다.

한 30분쯤 뛰었을까? '도하산 둘레길'이라고 적힌 표지판이 보였다.

'처음 온 것 같기도 하고, 몇 번 와 봤던 것 같기도 하고.'

그는 둘레길을 좀 걷다가 길을 거슬러 산속으로 들어갔다. 무슨 생각이 있었던 것은 아니다. 역시나 발길이 닿는 대로 갔을 뿐.

정신을 차려 보니 꽤 깊숙한 곳까지 들어와 있었다. 우거진 숲속에 선득한 바람이 불자 몸 속속들이 찬 기운이 느껴졌다. 아무래도 조깅하는 옷차림으로 산행을 한 것은 무리였다.

정우는 한기를 덜어 내려 손바닥으로 양팔을 쓸어내리며 왔던 길로 되돌아갔다. 그때 낙엽들 사이로 얼핏 신발 한 짝이 보였다.

'뭐야…. 깜짝 놀랐네.'

빨간색과 녹색이 섞인 낡은 등산화였다. 안도의 숨을 돌리기 무섭게, 그 근방에서 나머지 한 짝이 보였다. 그런데 이번엔 신발만 있는 게 아니라, 등산화를 신고 있는 사람의 발이 보였다.

몸은 땅에 묻혀 있고 다리만 간신히 땅 위로 보이는 형국이었다.

놀란 정우가 뒷걸음질을 치자 발밑에 깔린 낙엽이 짓이겨지며 부스러지는 소리가 났다. 그리고 머리가 아파지며 어렴풋이 나타나는 기억의 조각들.

"이건… 또 누구 기억이지?"

-《놈의 기억 2》끝.

작가의 말

아름다운 감사의 말 대신 조금은 진솔한 인사를 전하고자 합니다.

  혼신의 힘을 다해 제가 글 쓰는 것을 방해해 준 두 아들 덕분에 전 잠을 줄여 가며 집요하게 글쓰기에 매달릴 수 있었습니다. 새벽에 글을 쓰고 있으면 '그런 짓' 좀 그만하라며 눈을 흘기시는 아빠 덕분에 의지를 굳건히 세울 수 있었습니다. 지금은 육아에 전념할 때라며, 이번 글 쓰는 것만 마무리하면 이제 더는 글을 쓰지 말라고 하시던 엄마의 만류도 큰 도움이 됐습니다. 덕분에 차기작 집필을 서두를 수 있었으니까요. 글 쓰는 동안 옆에서 플레이스테이션을 하면서 같이 밤을 새운 남편에게도 고마움을 전합니다. 방금 다 썼으니 읽어 보라고 했을 때

보인 당신의 심드렁한 태도 덕분에 저는 멋진 글을 써야 한다는 부담을 덜 수 있었습니다.

이 글을 쓰는 순간만큼은 저 자신일 수 있었습니다. 그 해방감이 육아 우울증을 극복하는 데 큰 힘이 됐습니다. 제 글의 가치를 알아봐 준 쌤앤파커스 김명래 팀장님께도 인사를 빠트릴 수 없지요. 고맙습니다.

이 소설은 20대 중반 무렵 기억을 되새김질하며 괴로워하던 어느 날 머릿속에 떠오른 이야기였습니다. 그때부터 줄곧 이야기를 관통하는 저의 질문은 '기억을 지우면 난 자유로워질까?'였습니다. 지우고 싶은 기억이라는 게 거창한 것만은 아니었습니다.

어릴 적 엄마 가게에 있는 돈 통에 손을 대서 문방구에서 2,000원짜리 동전 지갑을 샀던 기억, 그걸 아빠한테 들켜서 무섭게 혼났던 기억, 학교 앞에서 하의를 벗은 채 그것을 보이며 나를 쫓아오던 아저씨를 경찰에 신고하지 못하고 그냥 도망만 쳤던 기억, 부모님의 맞벌이로 집에서 혼자 지내다시피 한 저의 친구가 되어 준 강아지를 허무하게 잃어버린 기억, 하루아침에 사랑하는 가족을 떠나보낸 사람들 속에서 취재를 하겠다며 빨빨거리며 돌아다녔던 기억, 그리고 차마 쓸 수도 없는… 녹물처럼 고여 있는 죄책감 가득한 기억까지.

'그러지 말았어야 했어.' 혹은 '그렇게 해야 했어.' '그런 말은 하지 말걸.' 혹은 '그렇게 말했어야 했어.', '그만둘 것을 그랬어.' 혹은 '계속 버틸 것을 그랬어.' 등등. 그렇게 기억을 곱씹으며 별 볼 일 없는 후회를 하는 데 많은 시간을 허비했습니다. 그리고 끝끝내 저는 기억과의 싸움에서 완전한 패배를 선언했습니다. 그러고 나니 조금은 편해졌습니다.

누구나 지우고 싶은 기억 하나쯤은 있을 겁니다. 왜 없겠어요. 어떤 삶이라고 녹록하기만 할까요. 다만 우리가 할 수 있는 일이 있다면 나쁜 기억이 평범한 일상을 헤집을 틈을 주지 않는 것뿐입니다. 아침에 일어나 하품을 하고, 인사를 하고, 신발을 신고 현관문을 나서서 담담히 하루를 살아내는 것.

이 책은 매일 그 위대한 일을 해내며 살고 있는 보통 사람들에게 바치는 이야기입니다.

2021. 봄

윤이나

놈의 기억 2

2021년 6월 10일 초판 1쇄 발행

지은이 윤이나
펴낸이 김상현, 최세현 **경영고문** 박시형

책임편집 김명래 **디자인** 박선향, 윤민지 **교정교열** 전해림
마케팅 이주형, 양근모, 권금숙, 양봉호, 임지윤, 신하은, 유미정
디지털콘텐츠 김명래 **경영지원** 김현우, 문경국
해외기획 우정민, 배혜림
펴낸곳 팩토리나인 **출판신고** 2006년 9월 25일 제406-2006-000210호
주소 서울시 마포구 월드컵북로 396 누리꿈스퀘어 비즈니스타워 18층
전화 02-6712-9800 **팩스** 02-6712-9810 **이메일** info@smpk.kr

© 윤이나 (저작권자와 맺은 특약에 따라 검인을 생략합니다)
ISBN 979-11-6534-355-2 (03810)

쌤앤파커스(Sam&Parkers)는 독자 여러분의 책에 관한 아이디어와 원고 투고를 설레는 마음으로 기다리
고 있습니다. 책으로 엮기를 원하는 아이디어가 있으신 분은 이메일 book@smpk.kr로 간단한 개요와 취
지, 연락처 등을 보내주세요. 머뭇거리지 말고 문을 두드리세요. 길이 열립니다.